«Más pasional que *Cincuenta sombras de Grey*. Hay sexo, y en abundancia. Pero no enseguida, porque está dosificado como se debe».

IL GIORNALE

«Tres libros escritos como un mapa sensorial para el descubrimiento del placer y de los vórtices del erotismo. [...] Rizzoli apuesta por una joven y prometedora escritora del norte, nueva sacerdotisa erótica investida del redescubrimiento de un epicureísmo moderno que hunde sus raíces en la tradición italiana del arte, de la cocina y del *savoir-faire* latino».

GAZZETINO

Yo te quiero

Yo te quiero
Irene Cao

Título original: *Io ti amo*
© 2013, RCS Libri S.p.A., Milán
© De la traducción: 2013, Patricia Orts
© De esta edición: 2014, Santillana USA Publishing Company
2023 NW 84th Ave.
Doral, FL, 33122
Teléfono: (305) 591-9522
Fax: (305) 591-7473
www.prisaediciones.com

Diseño de cubierta: Compañía

Primera edición: febrero de 2014

Printed in USA by HCI Printing

ISBN: 978-1-62263-654-9

PRISA EDICIONES

A ese hombre

1

Cierra la puerta de la habitación cuatrocientos cinco con un golpe seco. Una vez dentro, introduce la tarjeta magnética en la ranura de la pared. La luz invade la habitación; es blanca y desagradable, deslumbra.

Luego, con un ademán apresurado, apaga todos los interruptores, salvo el de la lámpara que hay sobre la mesilla de la derecha. Una mancha de claridad en la oscuridad absoluta de la habitación que la convierte en un lugar íntimo y cálido. Se sienta en el borde de la cama y alarga un brazo para regular la intensidad de la luz.

—Así está mejor. —Pese a que intenta no parecer ansioso mientras lo dice, sé que un deseo ardiente lo está consumiendo. A mí me sucede lo mismo.

Asiento con la cabeza. Estoy de pie en el umbral.

Me mira. Sus ojos, tan líquidos que casi parece que se pueda nadar dentro de ellos, brillan con una luz suave. Se levanta de la cama y se acerca a mí. Me aferra el pelo obligándome a echar la cabeza hacia atrás y empieza a besarme en la boca apasionadamente.

Lo secundo dejando caer el bolso en el parqué. Siento mi avidez, mi deseo, mi ansia; siento su calor, su saliva, la generosidad con la que me está ofreciendo su cuerpo. De nuevo. Comienza otra noche alucinógena, una noche de sexo y locura que se añade a una lista tan larga que casi he perdido la cuenta: un sinfín de encuentros, demasiados, muy diferentes entre sí, pero, a la vez, inútilmente similares.

Es mi nuevo amante. Lo conocí hace unas cuantas horas. Lo único que sé de él es que se llama Giulio, que es de Milán y que es actor. O, mejor dicho, que le gustaría serlo. Nos hemos conocido —por decirlo de alguna forma— esta noche en el Goa, una discoteca que frecuento todos los viernes por la noche. Me vio apenas puse un pie en la pista y desde ese momento no se separó de mí ni un minuto. Bailamos hasta la extenuación, yo me divertía provocándolo y él se restregaba contra mi cuerpo en un juego sumamente explícito y de alto índice erótico. Sus amigas me miraban con envidia y desprecio, lo que, en lugar de hacerme desistir, me proporcionaba involuntariamente una sutil excitación.

—¿Por qué no vamos a un sitio más tranquilo? —me preguntó Giulio en cierto momento de la velada. Por eso estoy aquí, en la habitación cuatrocientos cinco del hotel Duca d'Alba. Todo a cargo de la productora de la película, una policiaca en la que él tiene un pequeño papel.

Mis manos se pierden ahora, desesperadas, en la maraña de su cabellera rubia. Giulio me empuja contra el armario empotrado, me levanta una pierna y la dobla: mi rodilla presiona su cadera. Nuestras lenguas se devoran, arden, luchan a un ritmo cada vez más enloquecido. Él resbala hacia abajo, hunde la cabeza entre mis piernas, bajo la minifalda, y me aprieta los muslos contra sus ásperas mejillas. Una estela húmeda se insinúa bajo mis bragas: soy carne mojada y su lengua es condenadamente impaciente. Demasiado.

Le aferro la cabeza con fuerza y lo aparto forzándolo a levantarse. Él no se desanima y con un ademán resuelto me arranca la falda. Me quedo en tanga, medias de liga y botas de tacón de doce centímetros. Después empieza a desabrocharme la blusa, se insinúa bajo el sujetador buscando los pezones con dedos frenéticos. Alargo una mano hacia la bragueta de sus vaqueros y aprieto hasta que lo siento aumentar. Lo miro fijamente a la cara, pese a que no lo veo, tengo los ojos hinchados por el alcohol y el cansancio. Lo tiro con mayor violencia a la cama y lo obligo a sentarse delante de mí. Esta noche mando yo.

—Desnúdate —le ordeno.

—Como quieras. —Sonríe mientras se desata con parsimonia los zapatos—. Me gustan las dominadoras.

Empieza a desvestirse. Primero se quita los zapatos y los calcetines, después se saca la camisa por la cabeza y se queda desnudo de cintura para arriba. Es delgado, pero unos músculos bien definidos tejen su tórax como una coraza. Me escruta con unos ojos que parecen estar a punto de deshacerse y, poco a poco, se quita el cinturón y lo deja encima de la cama.

Le quito los pantalones tirando de las perneras y los dejo caer sobre la alfombra, al lado de mi falda. Cojo el cinturón, lo sujeto con fuerza y lo hago chasquear en el aire como si fuese un látigo. La hebilla, al golpear la mancha de luz atenuada que hay en el suelo, brilla como un rayo y rompe el silencio con un sonido metálico. En los labios de Giulio se dibuja una sonrisa divertida; parece encontrarse a gusto y yo también lo estoy. Está dispuesto a participar de lleno en el juego.

Me meto entre sus piernas, anclada por sus rodillas, y empiezo a acariciar lentamente su piel desnuda con el borde del cinturón. Partiendo del cuello, desciendo por la línea del pecho dibujando una espiral alrededor de los pezones hasta alcanzar el ombligo. A continuación subo de nuevo con mayor lentitud. Le hago cosquillas, su piel se retrae, la aspereza del cuero lo atormenta. Todo su cuerpo se estremece, lo leo en sus ojos. Le paso el cinturón por detrás de la nuca y se lo ato como si fuera un collar. Impresiona verlo sobre su piel clara, parece una serpiente negra con la cabeza de hierro resplandeciente. Me excita verlo así.

—¿Qué quieres hacerme? —susurra mientras me levanto. En sus ojos de color verde agua arde un fuego. Me desabrocha el sujetador, se acerca a uno de mis pezones, que quedan justo a la altura de su boca, y los lame.

—Chiss, ahora verás —susurro a la vez que lo empujo contra el cabecero de la cama.

De pie, sin dejar de mirarlo, me quito una media. Le levanto la muñeca izquierda, la rodeo con la media y hago un nudo corredizo. Repito la operación con la muñeca derecha y ato los extremos de los lazos a la barra de hierro del cabecero. Aprieto con fuerza hasta hacerle daño. El nylon, de sesenta de espesor, se estira sin desgarrarse. Le quito violentamente los calzoncillos, con la misma fuerza que un hombre.

Lo dejo desnudo e inmovilizado y me acerco a la mesilla que hay en un rincón. Me sirvo con calma medio vaso de güisqui, comportándome como si él no existiese. Siento crecer la excitación, los latidos del corazón aumentan y las sienes palpitan. Mi pecho parece haberse hinchado, arde. Puede que esté superando el confín, pero no me importa, esta noche no hay lugar para las reflexiones. Solo para el placer.

—¿Y yo? —Giulio me mira como un animal enjaulado—. ¿No me ofreces un poco? —pregunta en tono suplicante.

—Veamos si te portas bien —contesto.

Él sacude la cabeza, triste, pero sé que el juego le gusta.

Cojo la silla del escritorio y la arrastro hasta un lado de la cama. Dejo el vaso en el suelo, me siento y lo miro a la vez que alargo una pierna sobre su tórax. Mi pie camina ahora por su piel, masajea su sexo duro, se insinúa entre el vello del pecho y sube con los dedos hasta rozar el cuello y acariciar la boca.

Giulio dobla el cuello y sigue con la lengua el arco de mi pie, donde la piel es más fina. Mi pie se curva, busca sus besos, los desea, se introduce entre sus labios y deja que estos lo chupen… dentro y fuera, un sinfín de veces. Unas minúsculas descargas eléctricas empiezan a subir por mi pierna hasta alcanzar mi sexo, pero se detienen allí, en la superficie. No van más allá. No siento nada en lo más hondo.

—Eso es —susurro convincente. Pese a que no me produce ninguna reacción, no puedo por menos que reconocer su habilidad.

Cojo el vaso del suelo y le doy de beber.

—Gracias —dice él lamiéndose los labios.

—Te lo mereces —contesto con voz aterciopelada.

Después me levanto de golpe, tiro la silla hacia atrás con una patada, subo a la cama y me siento a horcajadas sobre él. Mi lengua, que sabe a güisqui, se despierta y empieza a resbalar por su piel, desde el cuello hasta el ombligo, arriba y abajo. Me gusta lamerlo. Sabe bien, a Armani Code, aunque puede ser Gucci Guilty.

Cubro su barriga de besos, primero tiernos, luego pérfidos, como si de repente hubiese entrado en un estado de trance.

Siento el soplo de su respiración excitada. Todo empieza a tensarse debajo de su cintura. Cojo su sexo y lo restriego contra el encaje del tanga, al principio suavemente, luego cada vez más fuerte. Busco mi placer a través del suyo. Me quito las bragas y mi carne tibia lo acoge por unos instantes. Después, me separo y lo humedezco con un poco de saliva, aprisionándolo entre los labios. Suelta un gemido entrecortado. Me aparto y le tapo la boca con una mano a la vez que, con la otra, separo los bordes de mi nido y lo meto dentro dejándolo que oprima las paredes flexibles. La sangre late, el corazón no. Me muevo arriba y abajo, pero no siento nada. Cojo el cinturón que le he atado al cuello y lo aprieto un poco más, hasta casi ahogarlo. Un destello de estupor cruza por sus ojos, una vena se hincha en una sien, pero le gusta, veo que está excitado. Yo, sin embargo, sigo sin sentir nada, salvo un poco de náuseas debido a la cantidad de alcohol que he bebido esta noche.

Alargo una mano y apago la lámpara. La oscuridad me hace sentirme más protegida. Desde fuera, un leve haz blanco se filtra a través de los postigos dibujando una línea en la pared que hay detrás de la cama. La miro fijamente para dar una dirección a mis ojos. Pese a que Giulio está dentro de mí, me siento sola. Estoy fingiendo un orgasmo sin saber si lo hago por él o por mí.

Espero a que se corra en el interior de mi sexo. Luego me aparto y bajo de la cama. De repente, una idea se materializa en mi mente ofuscada: la única forma de gozar de verdad es marcharme de aquí dejándolo atado. Será un placer puramente sádico, pero, al menos, tiene un lado divertido. Puede que lo haya dicho en voz alta sin darme cuenta, en todo caso él parece haber intuido algo.

—¿Elena? —dice mientras busco mi ropa por la alfombra.

No le contesto.

—Eh, pequeña, ¿qué haces? ¿Dónde te has metido? —Su voz suena ligeramente alterada.

¿Pequeña? Nos hemos conocido hace cinco horas y ya me llama «pequeña». Quizá piense que está en un plató cinematográfico. Noto que está tratando de desatarse sin lograrlo. El nylon no me traiciona.

—Estoy aquí —susurro—, pero me marcho enseguida.

—¡Hostia, Elena! —Oigo que el cabecero de la cama golpea con violencia la pared—. No puedes dejarme así.

Me pongo las bragas y enciendo de nuevo la luz. Veo que está intentando romper las medias con los dientes. Se me escapa una leve sonrisa.

—Vamos, pequeña, desátame —insiste—. No tiene gracia. —Me lanza una mirada torva. Por increíble que parezca, su sexo aún está duro—. Dentro de poco tengo que rodar la última escena. Debo estar en el plató a las seis. —Con el rabillo del ojo mira el reloj que está sobre la mesilla, que marca las cuatro—. ¡Desátame, coño! —Su voz se alza diez tonos de golpe.

—¿Gritas así en la escena en la que te asesinan? —pregunto con una punta de sarcasmo.

Casi me da pena. Se ha hecho famoso gracias al anuncio de una marca de bombones y ahora que ha conseguido un pequeño papel en una película se comporta como si fuese ya candidato a un Oscar. La tentación de dejarlo así es fuerte, pero al final cambio de opinión y decido indultarlo.

—Cálmate —digo para tranquilizarlo. Me acerco lentamente, me siento sobre él, le quito el cinturón del cuello y lo desato, deshaciendo primero un nudo y después el otro—. ¡Libre! —anuncio encogiéndome de hombros a la vez que bajo de un salto de la cama.

—De eso nada, putita… —Me sujeta con una mano por detrás agarrándome el pelo—. ¿Adónde crees que vas? Ahora me las pagarás. —En su voz la cólera se confunde con el deseo.

No sé por qué, pero la ferocidad de su asalto me provoca y me excita. Me empuja violentamente contra la pared. Me baja el tanga por detrás y me abre las piernas con los pies. Luego, oprimiéndome las caderas, me dobla hacia delante y hunde de golpe su pene aún duro y grueso en mi interior; me parece más grande que antes, pero puede que no deba fiarme de los sentidos en este momento. Me llena en un impulso rabioso y yo me nutro de su ferocidad. Me clava las manos en los pechos y los dientes en el cuello. Oigo que gime de placer y me esfuerzo para fingir que siento lo mismo a la vez que, desesperada, apoyo con fuerza las manos en la pared. Resuelto, me coge por las nalgas, sale y vuelve a entrar con mayor violencia, empujando con tanta fuerza que lanzo un grito. Pero no estoy gozando. Desde la última noche que pasé con Leonardo ya no sé lo que es el placer. Desde que él se marchó hace siete meses, mi cuerpo está vacío y mudo, ya no sabe responder a los estímulos.

Giulio se detiene un instante.

—¿Quieres más? —gruñe en mi oreja. En realidad, lo que quiero es que este tormento se acabe lo antes posible.

Él emite un gemido gutural y aumenta el ritmo empujando más hondo, más fuerte, más rápido, hasta el último golpe; se ha acabado, puedo agacharme, exhausta, la cabeza me da vueltas y tengo el estómago revuelto.

Permanezco así unos minutos, mientras Giulio se viste a la velocidad del rayo. Salta a la vista que su mente está ya en el plató. Al verlo así, como un niño concentrado en sí mismo que ha perdido el interés por su juguete, siento una mezcla de ternura y disgusto; no siento nada por él, al igual que no he sentido nada por los hombres con los que he estado después de Leonardo. Ninguno de ellos ha sabido hacer vibrar mi cuerpo de placer como él. Ninguno ha sabido devolver los latidos a mi corazón, que sigue bombeando por pura inercia, porque le han arrebatado su amor.

Giulio me atrae hacia él y me busca con su boca caliente. Después se peina por última vez delante del espejo y abre la puerta.

—Ha sido una noche fantástica, Elena. Espero volver a verte. Tienes mi número. Llámame.

—Por supuesto —contesto bajando la mirada. Los dos sabemos que no lo haré: todo termina aquí, entre estas cuatro paredes silenciosas.

Salimos juntos del hotel y, una vez en la calle, nos despedimos. Me tambaleo y siento un peso en la cabeza, pero aún me quedan fuerzas para llamar al taxi que me llevará a casa.

Me apeo en el Campo de' Fiori para dar un paseo y respirar a pleno pulmón el aire fresco de la noche romana, un verdadero bálsamo para el desasosiego que navega entre mi barriga y mi estómago. Al menos por un instante. La paz dura apenas unos segundos, porque la náusea vuelve de inmediato, molesta e indigerible. Veo doble. Estoy completamente borracha, como muchas otras noches desde hace varios meses.

¿Por qué he vuelto a llegar a este estado?

La razón es evidente. Pasar las noches fuera aturdiéndome con alcohol y sexo es la única manera que he encontrado para sobrevivir a la sensación de vacío que me dejó Leonardo. Han pasado pocos meses, pero me parece ya toda una vida. Leonardo me dice que me quiere, yo dejo a Filippo justo antes de descubrir que Leonardo tiene una mujer, Lucrezia, que no puede vivir sin él. Y después la desesperación por haberlo perdido todo. Me duele demasiado recordarlo y hace tiempo que me propuse no hacerlo. El único remedio es borrarlo todo, construir una nueva vida caótica y febril, sin sentido, pero nueva.

Respiro hondo con la esperanza de que eso me ayude a aplacar la náusea y miro arriba antes de echar a andar hacia casa. Es una noche primaveral y la luna es un disco que se pierde en el cielo. Cruzo el Campo de' Fiori, un desierto silencioso y mágico. En él solo está el puesto de un vendedor ambulante que ha llegado con unas horas de antelación al mercadillo de por la mañana. Debo quitarme como sea estos tacones y echarme en la cama, de modo que aprieto el paso.

Sigo viviendo con Paola. A estas alturas ya no le sorprende verme volver a casa de madrugada, pese a que cada vez está más preocupada por mí, dado que no consigo encontrar un poco de lucidez, ni siquiera en el trabajo. Pero sus paranoias no me conciernen, debería haber comprendido que, a pesar de todo, no estoy haciendo nada malo y que soy capaz de cuidar de mí misma.

Subo la escalera manteniendo a duras penas el equilibrio, cada peldaño me parece una última y agotadora etapa de una escalada que me deja sin aliento. La náusea va en aumento, aún estoy mareada y me tambaleo más al caminar.

Cuando llego al rellano me aseguro de que la puerta que tengo delante es la correcta. En el timbre leo: «Ceccarelli». También esta vez lo he conseguido. Busco la cerradura y, tras varios torpes intentos, logro introducir la llave y abrir. Estoy dentro, pero el picaporte me resbala de la mano y la puerta se cierra a mis espaldas de golpe. ¡Maldita sea! Solo falta que Paola se despierte…

Me quito con dificultad las botas para hacer menos ruido y, descalza, me arrastro por el pasillo. Conteniendo una arcada, prosigo hacia el cuarto de baño y tropiezo con el sujetapuertas de piedra en forma de gato.

—¡Ay! ¡Coño, qué daño! —exclamo en voz alta cogiéndome la uña del pie. ¡Malditos gatos! Están esparcidos por todas partes y yo, en este momento, no logro enfocar nada, ya es mucho que me mantenga de pie.

Un paso más y habré llegado al baño. Por fin, creía que no lo conseguiría. Mientras busco a tientas el interruptor del espejo, tiro al suelo una botella de Chanel número 5, el perfume de Paola. El cristal hace un ruido aterrador al chocar contra las baldosas y en el suelo se forma un charco. El aroma aturde y, desde la nariz, llega directo a la cabeza y luego al estómago… ¡Menudo desastre! No puedo, lo sé.

—¿A qué viene todo este lío? —Paola aparece en la puerta del cuarto de baño en bata, tiene la cara hinchada de sueño y el pelo revuelto. Se restriega los ojos y me mira como si estuviese delante de un fantasma—. ¿Estás bien, Elena?

—Te volveré a comprar el perfume, por descontado —farfullo apoyándome con una mano en la pila y respirando hondo.

—Estás verde —dice ella acercándose a mí—. ¿Cuánto has bebido?

—Tranquila…, todo va bien —La mantengo a distancia con una mano—. Puedo arreglármelas sola. —Intento apartarla, pese a que siento un sudor frío.

De repente, siento que una especie de caldo hirviendo trepa desde mi barriga hasta la garganta. Una arcada me obliga a doblar las piernas. Tengo el estómago en plena revolución. Instintivamente, me tapo la boca con una mano pese a que sé que no resistiré, mi cuerpo no puede retener por más tiempo la porquería que he engullido a lo largo de la noche. Me inclino hacia delante y vomito en el lavabo.

—¡Maldita seas! —Paola me sostiene y me sujeta la frente; después, cuando parece que todo ha acabado, me acompaña con paciencia hasta el váter. A la vez que, con una mano, me aparta el pelo de la cara, tengo otra arcada y vuelvo a vomitar. ¿Cuánto tiempo durará este tormento?

Me avergüenzo, me siento un trapo inútil y en este momento solo siento un profundo disgusto por mí misma. Me agacho mirando a Paola extraviada y esbozando una sonrisa aturdida. Luego me pongo a temblar. Ella, para que no me ensucie, me apoya en la bañera y me limpia la boca con una toalla húmeda. Soy un cuerpo inerme entre sus manos. Lanzo una ojeada distraída al espejo. Tengo los labios morados, la cara de una niña enferma y febril. Paola me lava la frente. La miro con una expresión ausente pero llena de gratitud, parecida a la que tienen los mendigos que veo en la calle por la noche.

—Elena... —Sacude la cabeza y me habla en tono dulce, pero no exento de reproche—. ¿Qué sentido tiene machacarse así?

Si he de ser franca, no lo sé.

—Pero ha sido una noche estupenda, ¿sabes? Me he divertido mucho —digo apoyándome en la bañera sin fuerzas.

Paola casi tiene que levantarme en brazos para llevarme a mi habitación. Me ayuda a desvestirme y me mete bajo las sábanas. El estómago aún me duele y siento escalofríos en la espalda. Me obliga a comer una rebanada de pan para absorber los jugos gástricos, me tapa con las sábanas y se sienta en el borde de la cama, en el espacio que deja libre mi cuerpo debilitado. Mira alrededor y cabecea. Mi habitación es, en efecto, un caos absoluto, parece la de una adolescente desordenada. La alfombra está cubierta de envolturas de After Eight, la librería ocupada por una colección de latas vacías de Coca-Cola y botellas de cerveza, y en el escritorio hay una caja abierta y volcada de Kellogg's de chocolate. Vestidos amontonados, sujetadores y bragas por todas partes... En pocas palabras, la confusión reina tanto fuera como dentro de mí.

Paola, sentada a mi lado, me recuerda a mi madre cuando, siendo una niña, no iba al colegio porque estaba enferma y ella me cuidaba. Me parece ver sus ojos delante de mí.

—Ya es la segunda vez que te pasa esta semana. Dices que te estás divirtiendo, pero viéndote así no se diría.

Asiento con la cabeza respondiendo a una pregunta inexistente y dejo que mis párpados se cierren. Finjo que estoy a punto de dormirme. No tengo fuerzas para soportar un sermón, sería letal, pese a que, en el fondo, sé que tiene razón.

Paola me aparta un mechón de pelo de la cara y continúa:

—Te estás destruyendo, Elena. Daría cualquier cosa por que lo entendieras. Sé que no tienes ganas de escucharme, pero yo te lo digo de todas formas…

Sigo escondiéndome detrás de los ojos cerrados. Me estoy destruyendo, puede que sea cierto, pero ¿qué más da? Destruirse es un alivio, liberarse de uno mismo es una garantía de salud mental, hace que me sienta más ligera. He sufrido tanto después de Leonardo que he llegado a pensar que no iba a poder soportarlo, pero, llegado cierto punto, tanto si uno quiere como si no, también el dolor se agota. En nuestro interior queda un vacío que es incluso peor. Y yo, para colmarlo, he empezado a abusar de todo: del sexo, de la comida, del alcohol; en resumen, de todo aquello que puede darme vida, pese a que sé de sobra que nunca me sentiré satisfecha.

—Hoy he hablado con Ricciardi —dice Paola con cautela—. No tiene nada en tu contra. Quizá, si le pides perdón y aclaráis las cosas, puedas volver a trabajar con él.

—Ese capullo —murmuro enfurruñada reanimándome por un segundo.

Ricciardi es el director de la restauración de Villa Médicis. Cuando terminó el trabajo en San Luigi dei Francesi el padre Sèrge, tal y como había prometido, nos recomendó a Paola y a mí para un nuevo encargo y nos aceptaron en el equipo. Pero yo odié desde el principio a ese hombrecito achaparrado y pedante. Me reprendía cuando llegaba tarde y un día que estaba un podo aturdida después de haberme pasado la noche bailando hasta el amanecer organicé un buen lío con los colores. El caso es que al final estallé y me despedí dando un portazo. Ya no soy la Elena de antes, porque hace tiempo no habría podido imaginarme algo así; en cambio, lo he hecho, y no sin cierta satisfacción. Así que de ir a implorarle que me contrate de nuevo, nada. Además, lo del paro tampoco está tan mal: tengo tiempo para hacer lo que quiero y me gusta no tener que obedecer las órdenes de nadie.

Con todo, Paola no parece ser de la misma opinión.

—No niego que Ricciardi es un poco capullo, pero tú tienes en parte la culpa. Recuerda que estamos hablando de trabajo, Elena.

Giro la cabeza irritada, sin abrir los ojos. ¡Basta! Estoy harta de la filosofía del sacrificio que Paola trata de inculcarme todos los días y no tengo la menor intención de seguir escuchando su sermón.

No soporto que me des lecciones de moral, querida Paola. Lo sé, he ensuciado el cuarto de baño de vómito, te he roto un frasco de perfume, tengo la habitación hecha un asco y lo siento, pero ¿por qué tienes que torturarme con Ricciardi ahora? Sumergirse en el trabajo ha sido un antídoto para ti, una manera de olvidar a Gabriella, tu ex amante, y, por lo visto, está funcionando... Pero ¿qué puedo hacer si en mi caso no es así y he optado por la vía de la evasión? Puede que divertirse desenfrenadamente no sea tan elegante como estrategia de fuga de la realidad, y reconozco que en ciertas ocasiones he perdido un poco el control, pero por fin me siento libre, sin complejos y, sobre todo, sin necesidad de pensar en nada. Y ahora basta, Paola, te lo ruego, ¿no tengo derecho, al menos, a poder dormir en paz?

—Por supuesto, Paola, sí... Haré lo que dices —gruño haciendo un esfuerzo y girándome en la cama—, pero ahora necesito dormir.

—De acuerdo, Elena. —Oigo que se aleja y que cierra la puerta.

Hundo la cara en la almohada y pienso en todos los excesos que he cometido en los últimos tiempos, en mi afán de libertad, en mi desesperada búsqueda del placer. Por mucho que me esfuerce para no sentirlo, el dolor sigue estando donde se instaló cuando dejé marcharse a Leonardo. Una lágrima amarga resbala por mi cara. Lloro por mí misma, por el daño que he querido hacerme a toda costa con Giulio esta noche y con los demás amantes que he tenido recientemente. Pensaba que así me liberaría de los fantasmas del pasado y, en cambio, me siento aún más vacía, incapaz de gozar de aquello que *con él* me volvía loca: el sexo. Lo sé, usando a los hombres no resolveré mi problema. Pero, por lo menos, así creo que me esfuerzo por encontrar una pizca de la normalidad que ahora me parece inaprensible. Tarde o temprano aparecerá el hombre justo, el que desbloqueará el mecanismo que se ha atascado. «¡Llegará también para ti!», me dice Gaia siempre. Confío, de verdad, en que tenga razón.

Ella ha encontrado el hombre adecuado. Se casa dentro de una semana y yo seré su testigo. Gaia Chinellato, la reina de las relaciones públicas venecianas, y Samuel Belotti, el campeón de ciclismo: ¡la boda del año! Al principio de su «relación», si es que se podía llamar así, no habría apostado un euro por ellos y, en cambio…, en cambio mañana al mediodía subiré a un tren rumbo a Venecia y en poco tiempo Gaia, mi mejor amiga, se convertirá en la esposa de alguien.

Sonrío en la oscuridad, sola. De repente siento el cuerpo algo más ligero. Amanece y aún me queda un poco de tiempo para mí, para recuperar fuerzas antes del gran evento.

Dulces sueños, Elena. Mañana deberás librar otra pequeña batalla.

2

Hace solo dos días que llegué a Venecia y esta ciudad ha vuelto a conquistarme: le pertenezco, no puedo evitarlo. Es una Venus que yace lánguidamente sobre las aguas de la Laguna, que te hechiza si la contemplas durante demasiado tiempo. Aquí todo sigue igual, pese al continuo fluir de la marea.

Volver a mi piso después de varios meses de ausencia ha sido como abandonarse a un abrazo en el que la felicidad y la melancolía se mezclan en el recuerdo. Como enamorarse por segunda vez de la misma persona. Por suerte, pago al propietario de la casa un alquiler realmente simbólico, de manera que no me vi obligada a abandonar mi refugio veneciano durante mi estancia en Roma.

Pero estas habitaciones han permanecido vacías, deshabitadas desde que me marché. Solo mi madre entra de cuando en cuando para quitar el polvo, pero ha respetado el orden. Los libros, los CD, los DVD, los folios con mis bocetos, los diarios, todo está en su sitio, pese a que estoy segura de que, curiosa como es, debe de haberles echado un vistazo.

No ha cambiado realmente nada, ni siquiera el aire. A veces tengo la impresión de percibir aún el olor de Leonardo, aunque ha pasado ya más de un año desde la última vez que hicimos el amor aquí dentro. He anulado los sentimientos que experimentaba por él —quizá—, pero su recuerdo aún no, de manera que todavía me visita algunas veces como si fuera un fantasma. Su pudiese, haría tábula rasa en mi mente, igual que en la película *Eterno resplandor de una mente sin recuerdos;* volví a verla hace poco y pensé que ojalá existiera una forma de reprogramar los recuerdos. Me sometería al tratamiento con toda tranquilidad, sin las vacilaciones de última hora que tiene el protagonista, Jim Carrey. Eso de que el corazón no se puede gobernar es una estupidez: yo le he puesto una mordaza al mío, lo he encerrado en un cajón y he tirado la llave. Veamos si así puede hacer daño...

No obstante, esta noche las gatas en celo de mi vecina Clelia se han esforzado para recordarme que estamos en la estación del amor. Campo San Vio parecía el lejano Oeste y hasta la ventana de mi cuarto llegaban unos maullidos que ponían la piel de gallina. He dado vueltas en la cama durante varias horas añorando los gatos falsos de Paola, tan bonitos como silenciosos. He buscado en la otra mitad de la cama una mano que estrechar, un cuerpo contra el que acurrucarme, pero estaba sola. Estoy sola. No aspiro al amor, me basta el sexo. Gaia dice que no es propio de mí practicarlo sin más, porque, de todas formas, sigo siendo un espíritu romántico… El problema es que no entiende hasta qué punto me ha decepcionado el amor. En este momento lo único que quiero es mantenerme lejos de él.

Voy camino de su casa. Esta noche celebramos una fiesta sorpresa por su despedida de soltera. Ni que decir tiene que Gaia no sospecha nada, piensa que será una tranquila cena entre mujeres, pero, en lugar de eso, deberá someterse a las humillaciones y vejaciones que nosotras, sus amigas del alma, hemos urdido amorosamente.

Toco el telefonillo y mientras subo la escalera para llegar al ático veo que Gaia está echando a empujones de casa a Samuel Belotti, el hombre que dentro de cuatro días se convertirá en su marido. Él se aferra como un gato al marco de la puerta para robarle un último beso. Lo que a ella no parece desagradarle en lo más mínimo.

Finjo un golpe de tos para anunciar mi presencia e interrumpir sus efusiones.

—Vaya, nuestra testigo… —Samuel se vuelve y me regala una de sus sonrisas de portada.

—Espero no haber interrumpido nada.

Gaia se echa a reír al oírme.

—Samuel se estaba marchando justo en este momento —me contesta perentoria, fulminándolo con la mirada—. ¿Verdad? —concluye, besándolo apasionadamente. Da la impresión de que llevan ayunando mucho tiempo.

—Besaos todo lo que queráis —gruño riéndome entre dientes y me doy media vuelta a modo de protesta. Al hacerlo me doy cuenta de que en el rellano hay un tipo de aspecto serio, ojos de halcón, cabeza afeitada y un auricular bluetooth metido en la oreja derecha. Es el representante de Belotti. Se encoge de hombros y me mira resignado. Debe de haberse acostumbrado ya a esta escenita dulzona y embarazosa.

—¿Estás realmente segura de que debo marcharme? —pregunta Samuel tocándole el culo.

—¡Sí! —gruñe ella. Si no fuera por la cita con sus amigas, se habría quedado pegada a su boca de buena gana, no me engaña—. Fuera, fuera —silba después y, a base de empujones, lo echa de una vez por todas del piso.

—Cuídala —me dice Samuel, como si hubiese intuido la suerte que le espera a Gaia en cuanto él se marche—. ¡Y dejádmela entera!

—No te preocupes. —Le guiño un ojo—. Y tú no toquetees a demasiadas esta noche —añado en voz baja. Por lo que sé, sus amigos le han organizado la despedida de soltero en Padua. Supongo que él también acabará en la picadora de carne.

—Me basta con toquetear a una —murmura lanzándole a Gaia una mirada lasciva—. Sea como sea, no puedo acostarme demasiado tarde: mañana tengo una contrarreloj —explica sacando pecho con una mirada orgullosa.

—Bueno, en ese caso, suerte —le contesto sonriente haciendo ademán de entrar.

—¡Gana, amor mío! —grita Gaia desde dentro.

—¡Puedes apostar por ello! —Él le lanza un beso y baja apresuradamente la escalera escoltado por su representante.

Desde que, el verano pasado, Gaia me anunció que se casaba, solo he visto a Samuel en tres ocasiones, pero él me ha contado ya toda su vida, hasta tal punto que puedo decir que lo conozco como si fuéramos viejos amigos. Es un deportista de éxito, tenaz y, claro está, competitivo, y si se le mete en la cabeza que debe ganar una carrera o conquistar a la mujer de su vida no hay quien lo pare. Además, está para comérselo: facciones viriles, perfectas, perfil griego, labios carnosos y unos dientes tan blancos que cada vez que sonríe pienso en el anuncio de un dentífrico. Pese a que tiene acento de Véneto muy marcado, su voz es grave, preciosa. Es el tipo de persona que sabe cómo fascinar a las mujeres y ganarse la simpatía de los hombres. Por si fuera poco, es rico: tiene un ático en Montecarlo, una mansión señorial en el campo en Véneto y una colección de motos de carreras a la que todos los meses añade una pieza nueva.

De un tipo como él, lo mínimo que cabe esperar es un ego gigantesco, pero no es así. Quiero decir: pese a que está pagado de sí mismo, no resulta insoportable. Al igual que todas las personas conscientes de su talento, demuestra seguridad en lo que hace y es extrovertido, pero cuando se pasa de la raya cuesta poco perdonarlo.

Después de conocerlo un poco —en realidad, después de haberle dirigido la palabra—, deseché los prejuicios que tenía al principio y comprendí que si se hacía de rogar con Gaia no era por estrategia ni desinterés, sino únicamente debido a su segunda gran pasión: la bicicleta. Ahora bien, la que acabó de convencerme fue Gaia, a la que nunca he visto tan decidida y enamorada. Dado lo sucedido, me alegro mucho de que lo haya elegido a él en lugar de a Brandolini; pese a que era fabuloso, el amor con el conde no habría sido sincero. En resumen, puedo desempeñar la tarea de testigo en esta boda con la mayor convicción.

Al entrar en el ático de los novios veo que el resto del grupo de chicas ha llegado ya. Alessandra, la hermana pequeña de Gaia, que vive en Londres y lleva dos años casada con Kevin —una especie de Lenny Kravitz en versión «rasta»—, trajina en la cocina con una bandeja de *vol-au-vent*. Valentina, Serena y Cecilia, las amigas del instituto, solteras desenfrenadas, están sentadas en el sofá bebiendo Bellini y picoteando cacahuetes. Parecen recién salidas de una agotadora sesión de maquillaje y peluquería; además, están resplandecientes, embutidas en unos vestidos *superceñidos.* No sé si estoy a la altura de la velada, dado que llevo un par de vaqueros y una camiseta *vintage*, pero veo que Gaia ha optado por una puesta en escena idéntica. Al menos, he hecho el esfuerzo de ponerme los Paciotti de tacón de doce centímetros que, a buen seguro, realzan mi apariencia.

La idea de la despedida de soltera fue de Valentina. Ella también trabaja como relaciones públicas en los locales nocturnos y cuando se enteró de que iba a Venecia me involucró de inmediato en la organización de la fiesta sorpresa. No fue fácil mantener el secreto con Gaia, dada su incontenible curiosidad y mi proverbial incapacidad de resistir cuando me tiran de la lengua, pero lo he conseguido y ahora puedo responder inclinando orgullosa la cabeza a Vale, que me guiña un ojo.

Cuando estamos en la tercera ronda de aperitivos llaman a la puerta.

—¿Quién es? —pregunta Gaia interrumpiendo la descripción mortalmente aburrida de su peinado de novia.

—Voy yo —dice Valentina apresurándose a abrir.

La oímos parlotear con alguien.

—¡Oh! ¡Oh! ¡Por lo visto, traen algo para la señorita Chinellato! —exclama alzando la voz para que la oigamos.

Luego entra con una enorme bolsa de papel rosa en la mano. Con la otra mano le da a Gaia un extraño ramo multicolor.

—¡Qué flores tan bonitas! —exclaman todas en medio de la hilaridad general. En lugar de rosas, hay veinticinco bragas de encaje enrolladas en forma de capullo.

—¡Fantásticas! —Gaia, entusiasmada, saca un tanga y lo agita delante de nuestros ojos. Ríe como una loca—. ¿Y qué hay en la bolsa que está en el suelo? ¿Debo preocuparme?

—¡Sooorpresa! —La abro y saco un velo falso de novia. Es una coronita de cristales de la que cuelga una suave pieza de seda blanca—. ¡Y aún no sabes lo que te espera esta noche! —le digo poniéndoselo en la cabeza.

Gaia abre los brazos y sonríe:

—De acuerdo, haced conmigo lo que queráis. A fin de cuentas, sé que me tenéis envidia porque estoy a punto de casarme con el tío más bueno del planeta. —Alza los ojos al cielo fingiendo resignación.

Un abucheo colectivo se eleva del sofá y Gaia se tapa la boca con las manos como si hubiera dicho una barbaridad.

Entretanto, saco de la bolsa el resto del contenido y procedo a vestir a la novia: un corsé de encaje negro y seda rosa y unas ligas con cristalitos y plumas para llevar sobre los vaqueros.

Al cabo de media hora de torpes preparativos, la novia está lista. Emperifollada de esa forma, parece una versión moderna de Cicciolina en su época dorada. Casi me avergüenzo de ella. ¿Cómo la sacaremos de casa?

Por suerte, Gaia siempre ha sido de las que se lo toman todo con una sonrisa.

—Y ahora vamos a celebrarlo al Molocinque —anuncia Valentina exultante tirando de una liga de Gaia.

—¡Esto sí que no me lo esperaba de ti, Ele! —Gaia me mira con ojos de víctima al borde del sacrificio sin dejar de cabecear. Y esto no es nada, amiga mía…

—¡Vamos, novia, prepárate para lo peor! —Le ofrezco un brazo como si quisiera darle ánimos y luego todas salimos a la calle.

Cruzamos la plaza de San Marcos bajo la mirada atónita y divertida de los turistas. Hemos obligado a Gaia a empuñar un cartel que reza: «Guapos o feos. ¡Los beso a todos!». En el trayecto de la plaza a Rialto debe besar en la boca, al menos, a tres personas. Gaia hace todo cuanto está en su mano y, superando nuestras expectativas, besa consecutivamente a una mujer rubia muy llamativa que, según descubrimos después, es una aristócrata rusa descendiente de los Romanov; a un viejecito ágil que, al ver tanta maravilla, casi se le avería el marcapasos que lleva al cuello; y, por último, a un quinceañero en plena crisis hormonal y a un hombre casado con su esposa al lado, después de que esta haya dado el visto bueno (dudo que, dadas las premisas, se divorcien justo esta noche).

Tras llegar a Rialto, entramos en el Bancogiro, un bar muy famoso que está a los pies del puente en el que sirven varios tipos de albóndigas y pinchos de carne y pescado. Nuestro grupo desfila orgulloso por el local atrayendo las miradas de una clientela que es, en su mayor parte, masculina. Nos sentamos a una larga mesa que hay en el centro. Gaia sigue monopolizando la escena, pero no parece preocuparle en absoluto ser el centro de atención. En su lugar, yo estaría muerta de vergüenza. Ella, en cambio, parece sentirse a sus anchas, tan desenfadada e irónica consigo misma como siempre. Aunque, por supuesto, algo le ayudan los litros de alcohol que le hemos obligado a tragar.

Después de atracarnos hasta lo inverosímil, llegamos a Piazzale Roma a eso de la medianoche. Allí nos espera una limusina blanca, a nuestra completa disposición, para llevarnos a la discoteca. Gaia no se lo esperaba.

—¡Estáis completamente locas! —grita eufórica chocando la mano con todas. Subimos y nos arrellanamos en los asientos de piel negra a la vez que nos servimos unas copas de champán y cantamos a voz en grito el repertorio más trasnochado de la música italiana de los años ochenta acompañadas por las luces estroboscópicas que brillan en el habitáculo. La mezcla es a la vez hortera y surrealista, pero somos perfectamente conscientes de ello y, quizá por esa razón, todo resulta tan divertido.

En menos de veinte minutos estamos delante de la entrada del Molocinque, la discoteca donde Gaia trabajaba hasta el año pasado, antes de que Belotti le pidiese que se casase con él. Como no podía ser menos, estamos en la lista VIP, lo que significa alfombra roja hasta una zona privada, mesa reservada en una posición estratégica y consumiciones ilimitadas.

Dentro, otras chicas se unen a nuestro grupo. Por el trabajo que hace y el hombre con el que está a punto de casarse, Gaia conoce a medio mundo.

La velada sigue el clásico guion de una despedida de soltera y, si bien la trama es siempre idéntica, en ciertos momentos incluso un poco patética, Gaia brilla con luz propia, pese a ir vestida de diva del porno. Está en la pista, bella como una diosa, y se deshace en sonrisas, besos y abrazos. Todos quieren hablar con la futura esposa. Las chicas le preguntan con aire soñador cómo es el vestido y varios hombres le piden que se lo piense o que, al menos, se permita una última aventura. Pobres ilusos: no saben que Belotti los ha derrotado ya por completo.

En nuestra mesa sirven una botella de doce litros de Moët & Chandon, que hace su entrada rodeada de varios puntos de luz. Dentro de poco llegará la tarta, pero antes, por desgracia, queda el momento más cutre. El disc-jockey interrumpe la música y, después de pedir a Gaia que se siente en el centro de la pista, anuncia la entrada en escena del bailarín de striptease. Mi amiga abre los ojos como si acabase de recibir un jarro de agua fría y me busca entre las numerosas caras que se apiñan alrededor de ella. Sé perfectamente lo que está pensando en este momento, porque es lo mismo que pienso yo, un *flashback* de nuestra larga amistad de casi veinte años, una secuencia de las dos con todos los estilos por los que hemos pasado (y sufrido): melena de paje y Levi's 501 en secundaria, Dr. Martens y mochila Invicta en el instituto, Diesel de cintura baja y bolsa *freak* en la universidad. Unidas para siempre en una única y solemne promesa contra el mal gusto: *jamás celebraremos nuestra despedida de solteras con un bailarín de strip-tease.*

Pero aquí estamos.

Me escondo detrás de Valentina, la verdadera responsable de todo esto; gracias a sus conocidos, ha conseguido movilizar a uno de los California Dream Men. He intentado, lo juro, mantener la promesa que le hice a Gaia y oponerme a este rito grotesco, pero Valentina no ha querido dar su brazo a torcer y al final se ha salido con la suya.

Nuestro hombre se presenta en versión *Oficial y caballero,* uniforme blanco con la chaqueta desabrochada, dejando a la vista un pecho reluciente, gorra de capitán, sonrisa blanca a más no poder y paquete ostentoso. Mientras arranca la clásica melodía de Joe Cocker y el bailarín empieza a contonearse, pienso que, a fin de cuentas, romper el sueño de niñas de buena familia es más divertido de lo que me imaginaba. Por lo menos lo he visto desde aquí, detrás de la melena larga y sedosa de Valentina. No sé si para Gaia, que está en el centro de la pista, es lo mismo.

Mientras tanto, una horda de mujeres cachondas se exalta, llueven gritos indecentes por todas partes y Max —típico nombre de bailarín erótico— se acerca a Gaia y la invita a unirse a él en una danza sensual. Objetivamente está muy bueno y baila de maravilla, pero el baile es una agonía de principio a fin. Gaia pone unas caras que, por sí solas, valen todo el espectáculo, yo me río a mandíbula batiente en perfecta consonancia con mi papel de Judas y, cuando Max se queda con un tanga rojo en forma de elefantito y empieza a agitar la trompa como si fuera un lazo, temo que me vaya a dar un infarto. Al final Max se pone de espaldas al público, se planta delante de Gaia, ya exánime, y, tapándose las piernas con una sábana dorada, se quita el tanga. Tras un instante de suspense, la sábana se abre mágicamente como si fuera un telón y el desnudo integral sale a escena solo para ella.

¡Lo siento, Gaia, no he podido salvarte de este horror!

Cuando la fiesta toca a su fin estoy exhausta y borracha. A la salida del local Gaia, que se ha vuelto a poner su ropa de diario, se despide de las chicas. Después se vuelve hacia mí con la poca lucidez que le queda:

—Dado que tendrás que pagar hasta la eternidad por lo que me has hecho, ahora te vienes conmigo y continuamos la fiesta juntas. Dormiremos en tu casa, claro…

Sé que no puedo negarme, es lo mínimo que le debo. Vamos a Piazzale Roma en un taxi que hemos cogido al vuelo y decidimos ir al Muro, el local que solíamos frecuentar en la época de la universidad.

Es una noche de luna llena, son casi las cuatro de la madrugada y la velada se está acabando para todos. El local se va vaciando poco a poco. Varios curiosos paran a Gaia y la acribillan a preguntas sobre la inminente boda. No sé con qué energía, pero el caso es que responde a todos con coherencia y sin mascullar. Entretanto me dirijo a la barra. Nico, el camarero, me saluda con cordialidad.

—¡Me alegro de volver a verte, querida! —dice—. ¿Dónde has estado todos estos meses?

—Me he ido a vivir a Roma.

—¿Para siempre? —pregunta con expresión desesperada.

—Bueno… —Me encojo de hombros—. No creo… No lo sé. —Teniendo en cuenta, sobre todo, el horario y la tasa de alcohol, la pregunta es demasiado difícil.

—¿Una Coca-Cola como siempre? —me pregunta. Me recuerda abstemia. Parece que ha pasado una vida desde entonces.

—No, prepárame uno de tus cócteles.

—¿En serio? —Pone los ojos en blanco.

—Pues sí… Como ves, han cambiado algunas cosas.

Mientras espero, miro alrededor con aire distraído y de improviso lo veo. Está apoyado en una columna, con esos ojos de color verde claro que ni siquiera la oscuridad de la noche puede ocultar. No había vuelto a ver a Filippo desde el día en que nos dijimos adiós en el bar de la isla Tiberina. Un velo de melancolía me empaña los ojos, pero, por suerte, dura solo unos segundos. ¿Se habrá dado cuenta de que estoy aquí? Bueno, puedo dar el primer paso; en el fondo se lo debo. Cojo el cóctel que me ha preparado Nico y me aproximo a él.

—Hola. —Me planto justo delante e intento esbozar una leve sonrisa.

—Hola, Elena —contesta sorprendido. Por lo visto no había notado mi presencia. Parece ligeramente incómodo, lo noto distante. Doy un paso hacia delante con la intención de darle dos besos en las mejillas, pero luego cambio de opinión: un muro invisible lo separa de mí. Nada de besos ni abrazos, parece decir. Bibi ya no existe, solo Elena, y no tiene permiso para cruzar el umbral.

—¿Cómo estás? —pregunto sin franquear el límite de seguridad.

—Bien. —Se encoge de hombros—. ¿Y tú? —pregunta en tono indefinido. No logro descifrar la expresión de su semblante. No sé si es amable, si delata una irritación latente, rabia oculta o más bien indiferencia. Lo único evidente es que mantiene las distancias más de lo necesario.

—Yo un poco alterada, pero bien. —Siento que tengo las facciones deformadas por el cansancio y el alcohol que he bebido desde el principio de la velada. Debo de estar hecha un monstruo—. Gaia se casa el sábado —añado a modo de explicación.

—Sí, me he enterado. —Esboza una sonrisa.

—Soy su testigo, ¿sabes? Esta noche le hemos organizado una fiesta —digo con excesivo entusiasmo.

—¿Te quedas solo para la boda? —se interesa o finge hacerlo mirando al suelo.

—Sí. El lunes regreso a Roma —contesto cuando veo que vuelve a alzar la mirada—. ¿Y tú? ¿Qué me cuentas? ¿Abriste el estudio al final?

—Pues sí, hace dos meses, en Campo Santo Stefano. —Asiente con la cabeza mostrando cierta satisfacción—. También he comprado el piso. —Me mira con un toque de nostalgia.

Por la manera en que lo ha dicho supongo que se trata de *ese piso:* el que vimos juntos, en el que íbamos a vivir.

—Ahora seré esclavo de la hipoteca durante los próximos veinte años, pero vale la pena. —De manera que se trata de un traslado definitivo—. ¿Y tú? ¿Estás trabajando? —me pregunta.

—Más o menos… sí. —Contesto vacilante. Por un instante mi pensamiento se ha detenido en la instantánea de los dos viviendo felices en el piso—. Hago algún encargo de vez en cuando —prosigo, metiéndome el pelo detrás de la oreja. Le respondo de manera vaga, no me apetece decirle que me he despedido y que vivo en casa de Paola.

—Bien —dice él en tono glacial.

En ese preciso momento una chica morena —¡muy joven!—, vestida con un par de vaqueros, una chaqueta corta y bailarinas sale por la puerta de los servicios, lo coge del brazo y le dice:

—¿Vamos, Fil?

«¿Fil? ¿Vamos? Pero ¿adónde quieres ir?».

Por desgracia, vayan donde vayan, él parece estar deseando llevársela allí.

—Por supuesto —contesta apoyando una mano en la espalda de ella. Después se vuelve hacia mí con una expresión incómoda y triunfal al mismo tiempo—. Adiós.

—Adiós… —contesto aturdida, a punto de dejar caer el cóctel suelo. Los miro mientras se marchan pensando que, en el fondo, me lo merezco.

Por eso estaba tan tenso y distante. Es evidente que se trata de su nueva novia o de algo por el estilo. No puedo negar que es muy guapa, esbelta y con facciones de muñeca. Quizá demasiado muñeca para ser su tipo, pero los gustos cambian. Lo sé mejor que nadie, yo, que, vegetariana y abstemia, en un año me he vuelto carnívora y estoy medio alcoholizada. Con todo, lo que más me ha impresionado es que ella lo haya llamado «Fil»; a saber por qué, siempre he pensado que era la única que lo hacía. A decir verdad, siempre he pensado que era la única a la que podía querer… Solo ahora me doy cuenta de lo estúpidas que son ciertas ideas que obedecen exclusivamente a la costumbre.

Me siento extraña. Intento descifrar la emoción que el encuentro con Filippo me ha producido y no puedo darle nombre; a la sensación de profunda soledad y extrema libertad se unen el alivio y la melancolía. Convivimos durante seis meses, de manera que es imposible olvidar los momentos que pasamos juntos, antes y durante nuestra vida en pareja. Siento que aún lo aprecio, pero eso es todo; mi corazón no se ha acelerado mientras estaba delante de mí y conversábamos, mis piernas se han mantenido firmes y no han temblado, mi estómago estaba tranquilo. Por atroz que sea reconocerlo, sé que ya no lo quiero. Nunca he estado tan segura. Este encuentro es la última prueba, un segundo y definitivo adiós.

—¿Todo bien? —me pregunta Gaia reapareciendo en el horizonte.

Le cuento en dos palabras que he visto a Filippo.

—¿Lo sabías? —le pregunto.

—No, es la primera vez que lo veo con alguien —dice casi aliviada—. Ha sufrido mucho, Ele.

—Lo sé. —Aprieto los labios formando una línea dura—. Gracias por recordármelo.

—¡Eh! —Gaia me acaricia un hombro—. Sé que tú también lo has pasado mal.

—Tranquila. Ya lo he superado.

El mal que no he superado es otro, pero no es el momento de pensar en ello.

Cuando entramos en mi piso me descalzo enseguida y corro a mi cuarto a ponerme los pantalones del chándal y una camiseta.

Por increíble que parezca, Gaia opta también por la comodidad.

—¿Puedo ponerme tu camiseta del instituto? —pregunta rebuscando en un cajón de la cómoda—. Me recuerda los viejos tiempos.

—Me la suelo poner para limpiar, pero si te gusta tanto…

Gaia pone cara de asco y se restriega las manos en los vaqueros. Me echo a reír.

—Estaba bromeando.

Se pone la camiseta con la caricatura de Marco Polo y, mientras busca angustiada en el armario, me pregunta preocupada:

—¿Dónde está tu vestido? —Se refiere al de testigo o, mejor dicho, como lo llama ella, de *dama de honor.*

—Me lo está arreglando Betta —contesto.

—¿Por qué? ¿Qué le pasa?

—Nada, tranquila. Quería que estuviese bien, almidonado y planchado al vapor. Quiere que no tenga una sola arruga, vaya. Ya sabes cómo es mi madre…

—¡Santa mujer! —Sonríe. Acto seguido entra en la cocina, abre la nevera y mira en su interior—. ¿Esto es del año pasado? —pregunta sacando una caja de helado de vainilla.

—Tonta, lo compré ayer. —Sacudo la cabeza—. Pero ¿no estabas a dieta para la boda?

—¡Qué más da! A estas alturas lo hecho, hecho está.

—Yo no quiero saber nada. —Me lavo las manos previendo que luego se enfadará conmigo por haberla dejado atracarse.

—¡Vamos, Ele, no me atormentes esta noche! —Busca dos cucharillas en el cajón—. Acompáñame, venga.

Suponía que también sucedería esto.

Apunta el mando a distancia hacia el televisor y se pone a zapear hasta que encuentra el canal MTV. Sakhira se contonea voluptuosamente en la pantalla. La contemplamos admiradas mientras se menea por una calle soleada luciendo un maquillaje y una ropa perfectos.

—¿Te parece que tiene el culo bonito? —pregunta Gaia.

—Me temo que sí —asiento. Gaia considera siempre a las divas rivales en potencia. Me hace morir de risa.

—¿No crees que lo tiene un poco gordo? —insiste.

—No, Gaia, te lo aseguro: es precioso.

—Yo, en cambio, lo encuentro un poco desproporcionado.

Hago un último comentario en voz alta:

—En efecto, dos nalgas tuyas equivalen a una de Shakira.

Nos callamos. El alcohol circula y sus efectos no son lo que se dice alentadores, porque ahora las dos nos estamos preguntando si lo que he dicho se puede considerar un halago a Gaia o a Shakira. Pero no llegamos a ninguna conclusión.

—Samuel adora a esa —ataja ella. Exhala un suspiro a la vez que hunde la cucharilla en el helado—. En cualquier caso, no me preocupa: estoy segura de que no es tan guapa en persona.

—Gracias, Gaia. Ahora que me has dicho eso, puedo dormir tranquila.

La teoría de mi amiga es que todas necesitamos que nos consuelen cada vez que vemos a una mujer más guapa que nosotras.

—Todos estos vídeos están retocados —prosigue ella con suma firmeza. Sé que lo hace también por mí, porque me quiere y desea realmente que no me sienta inferior al compararme con Shakira.

—Por supuesto, además los maquilladores hacen milagros, ¿no? —añado, involucrándome en la conversación.

—A propósito de maquilladores... He contratado a la mejor de la ciudad para el sábado. Jessica Moro, la que maquilla a las estrellas en la Mostra del Cinema. ¡Es buenísima! —Su cara se ilumina al cambiar de tema—. Además vendrá Patrick a peinarme.

—Estarás fantástica.

Ya he visto el vestido; pese a que no he podido acompañarla, Gaia me hizo partícipe de la extenuante búsqueda enviándome MMS desde los probadores de las tiendas de novias de todo el noreste. Al final nos decidimos por un Dolce & Gabbana de color marfil con un corpiño y una falda muy ancha de dama del siglo XVIII.

—Puede que me esté pasando un poco con los guantes de media manga, pero cuando lo vi supe que el vestido era mío...

—Estarás fantástica. —Seguro que ya se lo he dicho, pero le viene bien que se lo repita.

—Oye, Ele..., ¿crees que hago bien casándome con Samuel? —me suelta de repente en tono humilde.

Abro los ojos desmesuradamente. Solo espero que no esté dudando ahora.

—¿Por qué me lo preguntas?

—No lo sé... —Frunce el ceño. Parece un cachorro extraviado—. ¡Es que me da mucho miedo!

—Ven aquí —le susurro con dulzura cogiéndola en brazos—. En mi opinión, has elegido lo correcto. Si no fuera así, no habría aceptado ser tu testigo, ¿no crees? —digo para tranquilizarla.

Sigue un largo silencio. Luego Gaia me confiesa:

—Últimamente las cosas son un poco extrañas entre nosotros.

—¿En qué sentido?

—En ese sentido. —Alza los ojos al cielo—. No hacemos el amor desde hace tiempo.

—¿Desde cuándo?

Cuenta con los dedos.

—Si contamos la Milán-San Remo, el Tour de Flandes y la París-Roubaix, que son las carreras más importantes para él, ¡unos dos meses!

—¿De verdad? —pregunto procurando no parecer asombrada.

—¡Sí! —corrobora exhalando un suspiro—. ¿No te parece triste?

—Bueno… —No sé qué responder.

Estoy en un tris de decirle que es aún más triste hacer el amor y no tener orgasmos, como es mi caso, pero me censuro; estamos hablando de ella, no de mí. Y mi deber de mejor amiga es quitar hierro al asunto.

—Cariño, después de lo que me has obligado a gastarme en el vestido de testigo, no te autorizo a cambiar de idea. Te lo advierto.

Gaia sonríe por un instante, pero vuelve a adoptar enseguida un aire pensativo.

—Creía que esta noche había venido a mi casa para remediarlo…

—Dios mío, si es así —trago saliva—, y estoy segura de que es así, me arrepiento de haber participado en la organización de la fiesta.

—¿Bromeas? Pero ¡si ha sido una sorpresa estupenda!

—Reconócelo: el *stripper* te gustó al final. —Le guiño un ojo.

—Olvídalo, Ele… —Se lleva las manos a la cara—. ¡La tenía minúscula! —Hace un gesto inequívoco con los dedos.

—No te creo.

—¡Te lo juro!

—Bueno, ¡en la próxima boda te contrataremos uno superdotado! —Miro el reloj que hay en la pared y me doy cuenta de que está amaneciendo—. ¿Nos vamos a la cama?

—Solo si dejamos la luz encendida. Si no, te dormirás enseguida.

—Mi intención era esa —replico.

—Uf, pero yo quiero seguir hablando.

—Me lo temía…

Estamos en la cama charlando desde hace un buen rato, aunque, a decir verdad, es Gaia la que habla. Se ha tumbado en el lado más próximo a la ventana, justo donde durmió Leonardo la última vez que hicimos el amor en esta habitación. La tensión por la boda hace que sea aún más locuaz de lo habitual, que ya es decir. Me ha contado la vida y milagros de Samuel Belotti, hasta el punto de que podría escribir una tesis de licenciatura sobre él.

Estamos frente a frente, nuestras rodillas dobladas se tocan.

—¿Podemos al menos apagar la luz? —pregunto—. Me duelen los ojos.

Asiente con la cabeza, dándose por vencida, pero con la mirada me advierte de que «aún no es hora de dormir». Apago la lámpara que hay al lado de la cama y nos quedamos a oscuras.

—¿Ele?

—¿Eh…? —mascullo.

—¿Desde cuándo somos amigas?

—Desde el primer año de primaria.

—¿Cuántas veces habremos dormido juntas? ¿Mil?

—Casi casi.

—Cuando pienso que no volveremos a hacerlo me entran ganas de llorar.

Mis ojos se han acostumbrado a la oscuridad, de manera que intuyo vagamente sus facciones. Con la piel fresca después de habérsela exfoliado y la cola de caballo parece una quinceañera. Podríamos estar en los tiempos del instituto, riéndonos y hablando en voz baja en la cama de su casa mientras su hermana Alessandra ronca a nuestro lado metida en su saco de dormir con la imagen de Snoopy.

—Espero que tengamos más ocasiones de hacerlo. Aunque siempre puedo dormir entre Samuel y tú —digo.

Gaia se echa a reír.

—¿Qué pasa? —le pregunto hundiendo la cabeza en la almohada.

—¿Te acuerdas del campamento de verano al que fuimos en las Dolomitas… ¿De aquella noche en la que a Vincenzo, el napolitano, se le metió en la cabeza que quería dormir entre las dos?

Me rio también recordando la escena. Teníamos trece años. Gaia le había hecho creer que las dos estábamos enamoradas de él y que a medianoche, después de la habitual ronda de vigilancia, lo dejaría entrar por la ventana. El pobre se quedó esperando aterido durante toda la noche mientras nosotras le lanzábamos desde dentro mensajes codificados sin sentido que él se esforzaba por descifrar con la vana esperanza de que le abriésemos.

—Éramos dos cabritas estupendas…

De improviso siento nostalgia de esas dos niñas. De lo que sucedió entre ellas, de lo mayores que son ahora y lo crías que siguen siendo en su interior. Treinta años después, tengo la impresión de que nada ha cambiado, a pesar de que Gaia está a punto de convertirse en una mujer casada y puede que un día también en madre, y yo haya sobrevivido al periodo sentimental más borrascoso de mi vida.

—Sigamos hablando —dice Gaia con dulzura—. No te duermas, por favor. Hace mucho tiempo que no estamos juntas así. Lo echo de menos.

—Yo también —murmuro.

Pero antes de que pueda darme cuenta entro en coma sobre la almohada. «Buenas noches, Gaia. Siempre podrás contar conmigo».

3

El día antes de la boda voy a casa de mis padres a recoger el vestido de testigo. Desde que llegué a Venecia mi madre le está dedicando horas y horas. Lavado a mano, puesto en remojo con almidón de arroz, secado evitando las fuentes de luz directa, planchado al vapor con apresto; en resumen, los mismos servicios que presta una tintorería especializada. Aun así, estoy segura de que tendré que agradecérselo, porque al maravilloso vestido de chifón que eligió Gaia no le quedaban muchas esperanzas después de haber viajado durante seis horas comprimido en la maleta. Cuando lo saqué parecía un trapo para quitar el polvo, pero ahora estará perfecto; todo renace cuando pasa por las manos de Betta.

Toco el telefonillo de la casa de los Volpe casi a mediodía. Subo y encuentro a mi madre en la cocina. ¿Dónde si no podría estar a esta hora? Está preparando un rollo de patatas con cuatro quesos y espinacas que engorda con solo mirarlo. ¡Dios mío, cuánto echo de menos los manjares con los que mi madre me malcrió vergonzosamente durante treinta años!

—¡Aquí tienes a tu adorada hija! —digo a modo de saludo. Dejo el bolso en el sofá y me acerco a la encimera de la cocina.

—Hola, cariño. —Sin soltar la masa se inclina para que le dé un beso en la mejilla—. El vestido está en tu habitación —dice como si hubiese sido cosa de cinco minutos.

—Gracias, mamá. Voy a ver el milagro —Hago ademán de ir a mi habitación, pero su voz me detiene.

—¿No es un poco exagerado ese color azul eléctrico para una testigo?

—Lo eligió Gaia. Pero, por una vez, me gustó también a mí en cuanto lo vi. —Si hubiera sido el clásico rosa pastel de dama de honor americana, me habría suicidado.

—Si tú lo dices… —Mi madre se encoge de hombros, no del todo convencida. Después ladea la cabeza y me mira a los ojos—. Dime: ¿cómo estás tú? —pregunta en tono inquisitivo. No se le escapa una.

—Bien. ¿Por qué?

—No sé, pareces un poco pálida —dice con una mezcla de preocupación y reproche en la voz.

—¿De verdad? —Me miro los brazos y las piernas, pero no noto ninguna diferencia sustancial respecto a mi color habitual: rosa pálido con una marcada tendencia al blanco cadavérico.

—Podrías darte una sesión de rayos esta tarde —me sugiere.

—Sí, claro —le digo riéndome—, así mañana en lugar de mejillas tendré dos filetes a la brasa.

—Entonces ponte tierra, colorete, ese tipo de cosas —dice dándoselas de maquilladora experta—. Debes tener un poco de color, Elena. ¡Eres la testigo! —subraya con énfasis, como si mañana tuviese que desempeñar el cometido más importante de mi vida—. Tienes el deber de estar casi tan guapa como la novia.

Resoplo, jamás me han interesado esas cosas.

—Gaia me quiere de todas formas, ¿sabes? Aunque esté como la leche.

—Sea como sea, mañana me pasaré por la ceremonia —cambia rápidamente de tema—. Tengo mucha curiosidad por ver a Gaia. Además quiero felicitarla. —Ir a las bodas, incluso de gente que no conoce, es casi un *hobby* para ella. Siempre lo ha hecho.

Luego suelta una frase con una naturalidad que, a ojos de cualquiera, excepto a los míos, hace que parezca del todo casual:

—Menuda suerte ha tenido con ese ciclista...

Socorro. Sé dónde quiere ir a parar.

—Tu no piensas para nada en casarte, ¿eh? —Me apremia con el clásico tono de veneciana avinagrada—. Eres alérgica al vestido blanco.

—Con este tono de piel, me sentaría fatal el blanco, ¿no te parece? —digo intentando quitar hierro al asunto.

—Filippo era un chico estupendo —prosigue ella impertérrita, y concluye exhalando un suspiro y alzando los ojos al cielo. Como cualquier otra madre, también ella acabó enamorándose del novio perfecto de su hija.

—Pero ¡si no hablaste con él más de tres veces!

—¿Y eso qué tiene que ver? No hacía falta para comprender que era una buena persona. —¡Dios mío, habla como si estuviera muerto! Lo está santificando. Luego me mira fijamente a los ojos y arroja una de sus bombas—: Pero, claro, a ti los buenos nunca te han gustado... La verdad es esa.

—En todo caso, soy yo la que no les gusto a ellos —replico enseguida. Hemos tenido esta conversación un millón de veces, conozco todos los chascarrillos de ese entreacto. Aunque, en el fondo, debo reconocer que no se equivoca: por desgracia para mí, soy del tipo de mujeres que prefieren a los cabrones. ¡La de bofetadas que me daría por esto!

—Es que estamos preocupados por ti —dice en tono repentinamente más dulce—. Vienes a Venecia y no te acercas a vernos, nunca estás con nosotros...

—Vamos, mamá, sabes que no he tenido un solo minuto libre con la despedida de soltera de Gaia y todo eso —me justifico—. Pero ahora estoy aquí. —Sonrío.

—Te quedas a comer, espero. —Más que una invitación, es un ruego.

—¡Por supuesto! —Mi sonrisa se ensancha y le doy un pellizco en la mejilla—. Pero solo por el rollo de patatas, ¿qué te has creído?

—¡Ah, hija ingrata! —Sacude la cabeza fingiendo una expresión de contrariedad. En realidad, he conseguido arrancarle una sonrisa.

—De acuerdo, en parte me quedo también por ti, pero solo en parte —preciso estampándole un beso en la mejilla. Con la esperanza de haberla ablandado, me dirijo a mi habitación para ver el vestido.

Mi Versace está, colgado fuera del armario en todo su esplendor y huele bien. Como de costumbre, Betta ha hecho un magnífico trabajo. Cuanto más lo miro más me gusta. Será el tono azul eléctrico, será porque adoro los vestidos sin tirantes y porque el largo por debajo de la rodilla es perfecto —¡disimula la celulitis en los muslos, que tanto me obsesiona!—, el caso es que mirándolo ahora me parece elegante y sofisticado, pese a que es muy sencillo. Lo quito de la percha y me lo apoyo en el cuerpo. Veo mi imagen reflejada en el espejo de la pared. ¿Entraré en él? Tengo la terrible impresión de que ha encogido, pero puede que solo sea el efecto de este espejo obsoleto. Esperemos que sea eso, porque si no logro cerrar la cremallera de la espalda será un desastre. He decidido (mejor dicho, Gaia también ha decidido esto por mí) llevarlo con un bolso de mano y con unos *peep toe* de color lila, que en este momento reposan en el armario de mi piso.

Procurando no arrugarlo, dejo el vestido en la cama. Cuando me vuelvo no puedo evitar verme de cerca en el espejo. Me examino, esta vez con más atención, de la cabeza a los pies. En efecto, no tengo buen color... Me temo que tendré que darle la razón a mi madre, aceptar que se preocupe. Las noches fuera de casa, las comidas irregulares y los cócteles de más me han causado un buen par de ojeras y me han agrisado la tez. Además, en el centro de la frente, entre las cejas, ha aparecido una pequeña arruga, como excavada por un dolor profundo y constante. «No hay pensamiento desagradable que no puedan eliminar un buen masaje facial y una buena crema», dice siempre Gaia. Nunca la he creído demasiado, pero tal vez haya llegado el momento de probarlo.

—¡Ven a comer, Elena! —La voz de mi madre retumba chillona en el pasillo—. ¡La mesa está puesta!

—Voy —grito precipitándome hacia el comedor.

Saludo a mi padre, que acaba de volver del círculo Arci y ya está sentado en su sitio, a punto de abalanzarse sobre el plato, y me siento también. La mesa está puesta como si se tratase de un banquete nupcial. Al ver todas esas delicias se me hace la boca agua, pero enseguida pienso que un solo gramo de más puede impedirme entrar en el vestido. El rollo de mi madre me sonríe desde el plato, apetitoso y maléfico, amenazando con transformarse en unos buenos michelines. Con todo, cedo a la tentación de inmediato, cojo el tenedor y lo clavo en él sin la menor piedad. En los tristes días romanos que me esperan no tendré ocasión de comer unos manjares como estos.

Después de haber dado buena cuenta de una comida suculenta y de haber ayudado a mi madre a recoger la cocina, me reúno con mi padre en la sala.

Complacido, me cuenta su última representación con la compañía de teatro aficionada de la que forma parte. Asiento con la cabeza esforzándome en concentrarme en lo que dice —en realidad me gustaría mucho verlo en el escenario—, pero cuando mi padre acaba su relato se instala entre nosotros un silencio incómodo que no sé cómo llenar. Él suspira y, mirando hacia delante con la timidez y el apuro que caracteriza a los padres tiernos y un poco rudos de su generación, me pregunta:

—Dime la verdad, Elena: ¿va todo bien?

—Por supuesto —contesto yo un tanto vacilante, pero, espero, creíble—. ¿Por qué no iba a ir bien?

—No lo sé. —Cabecea, pensativo—. Desde que rompiste con ese chico, Filippo —toma aliento como si le diese vergüenza pronunciar su nombre—, te muestras más esquiva y reservada. Estoy un poco preocupado por ti. Me gustaría saber qué te pasa por la cabeza.

—Bueno, la verdad es que no creo que esté muy distinta de lo habitual —replico, encerrándome en mí misma con un candado doble.

—Es que desde entonces no has vuelto a hablarnos de ti —continúa él—. Y, por lo general, siempre lo cuentas todo, al menos a tu madre.

Salta a la vista que está haciendo un esfuerzo para salir del papel que siempre ha tenido en la familia, el de un padre discreto y de pocas palabras que prefiere moverse en la retaguardia y mandar a mi madre como avanzadilla. El hecho de que esté tan angustiado por mí y que me lo diga de forma tan directa me inquieta: ¿tan hecha polvo me ven? Por un momento siento la tentación de llorar en su hombro y de desahogar el dolor que no he manifestado hasta ahora, pero no puedo. Me siento anestesiada. Ni siquiera me apetece intentarlo.

—Estoy bien, papá. —Sigo con mi comedia esbozando la sonrisa más tranquilizadora del mundo—. Yo fui la que rompió. Eso se acabó. —¿Cómo puedo explicarle que el dolor que siento no es por Filippo?

—Sí, pero no te veo serena, Elena —insiste, buscando en mi cara la respuesta que no le estoy dando con las palabras—. Se te nota en la cara que algo va mal.

—Claro, no he tenido un periodo fácil, pero todo va mejorando, te lo aseguro. —Trato de adoptar un aire serio a la vez que positivo y optimista. Esperemos que se lo trague.

—Está bien —dice al final. En realidad no es así. No se lo ha tragado, pero ha preferido no ensañarse conmigo siguiendo con esta farsa, penosa para los dos. «Cuánto te quiero en este momento, papá».

—De todas formas, sabes que puedes contar con tu madre y conmigo para lo que quieras.

Por supuesto que lo sé. Pero ciertos dolores no los puede aplacar nadie, ni siquiera las personas que más te quieren en este mundo. Lo único que se puede hacer es esperar con paciencia a que se desvanezcan y, mientras tanto, seguir viviendo.

—¿Jugamos una partida a la brisca? —le pregunto cogiendo la baraja de la mesita. A mi padre le encantan las cartas y cuando era niña me obligaba a practicar extenuantes sesiones de juego; es algo que siempre nos ha unido y que ahora espero que lo distraiga.

—Sí, como quieras —me dice exhalando un suspiro. Sabe que es una táctica de distracción, pero me la consiente.

Mientras barajo las cartas oigo sonar el iPhone.

—Disculpa un momento, papá…

Me levanto para contestar. Seguro que es Gaia. Debe de haberme llamado unas veinte veces desde esta mañana. ¡A saber qué querrá ahora! Será un consejo de última hora; si, por ejemplo, el tono de colorete que más le favorece es el color madreperla o el rojo púrpura.

Saco el teléfono del bolso y, para mi sorpresa, veo parpadear en la pantalla el nombre de Martino. Hace tiempo que no hablo con él. Una sonrisa se dibuja espontáneamente en mis labios mientras recuerdo su cara de buen chico.

—¿Martino? —respondo en un tono lo más desenvuelto posible.

—Hola, Elena —me dice. Me bastan esas dos palabras para comprender que tiene en los labios la expresión de timidez y sinceridad que lo caracteriza.

—¿Cómo estás? Llevas tiempo desaparecido... —Hago un ademán para pedir disculpas a mi padre y me refugio en mi cuarto, como en los tiempos del instituto, cuando me llamaba un chico y corría a esconderme con el inalámbrico.

—Estoy bien —afirma—. Adivina desde dónde te llamo.

—No sé... —Al fondo oigo ruido de gente hablando—. ¿Villa Borghese? —aventuro recordando la vez que estuvimos juntos allí.

—No —contesta después de una pausa estudiada—. ¡Estoy en Venecia!

—¡¿Dónde?! —No le he contado que volvía a la Laguna y por un momento me pregunto si no habrá venido por mí.

—Estoy estudiando a Giorgione en la universidad —me explica— y he venido para ver algunas de sus obras.

—Ah...

—¿Te acuerdas de lo que me dijiste? ¿Me puedes dar alguna indicación?

Hace tiempo, en Roma, mientras tomábamos un café, me confesó que nunca había estado en Venecia.

—¡Mucho mejor! —anuncio triunfante—. Seré tu guía personal; yo también estoy en Venecia.

—¿De verdad? —susurra.

—Pues sí —digo tirándome en la cama—. Mañana se casa mi mejor amiga y en este preciso instante estoy en casa de mis padres.

—¡Vaya!

—Menuda coincidencia…

—¡Entonces nos vemos enseguida! —dice él de golpe. Luego se apresura a precisar—: Siempre y cuando no estés ocupada. —El Martino de siempre. Tira la piedra y luego esconde la mano.

—Estoy completamente libre. Además te prometí que haría de cicerone tuya, ¿no? ¿En qué zona estás?

—Veamos… —Martino está mirando alrededor—. Estoy en un canal. En una pared veo escrito «Muelle de las Zattere…».

—¡Perfecto! —Me levanto de la cama—. A tu espalda tiene que haber una heladería, Da Nico… —Me miro un instante al espejo. Caramba, tengo una cara terrible…

—Hum… Sí, ya está. Veo la heladería.

—Espérame ahí delante. Tardaré una media hora, el tiempo de despedirme de mis padres y cruzar el Gran Canal.

—¡Fantástico! Hasta luego entonces.

Me despido a toda prisa de mis padres y subo al primer *vaporetto*.

La llamada de Martino ha llegado en el momento justo: ha sido la excusa perfecta para escapar de casa y quitarme de encima la atmósfera un tanto pesada que se había creado. Además me alegro de volver a verlo. Habrá pasado casi un mes desde la última vez que estuvimos juntos, cuando fuimos a la exposición sobre el cubismo que había en el Vittoriano.

Me apeo a toda prisa en la parada Zattere y lo busco. Ahí está, apoyado en una de las columnas del soportal con el aire distraído y absorto que quizá yo también tenía a los veinte años. En estos últimos meses ha cambiado: tiene los hombros más anchos, como si se hubieran abierto, y en su cara han aparecido unos cuantos pelos más que le confieren un aspecto más adulto. El hombre que será un día se está superponiendo poco a poco al muchachito de antes. Recuerdo perfectamente cuando hablamos por primera vez en San Luigi dei Francesi; yo trabajaba allí y él venía a estudiar el ciclo de san Mateo de Caravaggio. Su timidez, sus maneras cordiales y la inteligencia de su mirada consiguieron enseguida que me sintiera a gusto y despertaron en mí un afecto instintivo hacia él.

Y ahora está aquí, de nuevo él, aunque no del todo: ha abandonado la consabida cazadora vaquera por una chaqueta de algodón arrugada que le marca los hombros, si bien va calzado con las All Star de siempre. También el mechón sobre los ojos y el piercing en la ceja siguen en su sitio, al igual que la sonrisa, la que me dedica especialmente a mí. Se quita los auriculares, mete el iPod en el bolsillo y sale a mi encuentro.

—¡Eh! —lo saludo dándole dos besos en las mejillas—. Me has salvado de una conjura familiar.

—Me alegro, pero quizá tus padres no estén tan contentos…

—Oh, mis padres son estupendos…, pero en pequeñas dosis —digo encogiéndome de hombros—. ¿Qué quieres hacer?

—Estoy en tus manos. —Abre los brazos como si pretendiera abarcar toda la ciudad—. ¡Tú eres la guía!

—Entonces, como me has dicho que estás estudiando a Giorgione, te llevo a las galerías de la Accademia a ver *La tempestad* —sugiero—. Está aquí mismo, a dos pasos.

—¡Perfecto! —Me ofrece el brazo y echamos a andar.

Después de visitar la Accademia vamos a ver la basílica de los Frari —el corazón me late enloquecido mientras miro la *Asunción* de Tiziano y recuerdo la noche aquí con Leonardo— y después la Scuola Grande di San Rocco, donde se encuentran los frescos de Tintoretto. Al atardecer, cuando los dos estamos exhaustos hasta el punto de que casi no nos tenemos de pie, invito a Martino a comer algo en mi casa. Dado que nunca he superado mi pequeño problema con los fogones, compramos dos pizzas para llevar. No es la mejor pizza del mundo, pero era una clienta habitual cuando vivía aquí y el propietario, un egipcio, me ha saludado moviendo el bigote cuando me ha reconocido.

Ahora estamos sentados en el sofá disfrutando de la cena.

—Me temo que mañana tendré serios problemas para meterme el vestido —digo mirándome la barriga, más abultada de lo habitual.

Antes de venir a casa hemos pasado por la de mis padres para coger el vestido de Versace, que ahora está colgado en el recibidor. Martino lo mira, después me mira a mí.

—El color te favorece, porque tienes la piel clara.

—Si lo dices tú, que entiendes de colores, entonces me lo creo. —Por fin alguien que aprecia mi palidez.

Martino clava sus ojos sinceros en los míos.

—Mañana estarás guapísima. —Se pasa una mano por el pelo, despeinándose aún más—. Aunque siempre lo estás… —añade después exhalando un suspiro, como si se lo estuviese diciendo a sí mismo, e inclina la cabeza apoyándola en el respaldo del sofá. Sostiene mi mirada, no la baja como suele hacer.

Me está observando de manera diferente. De repente ha dejado de ser un muchacho, se ha convertido en un hombre que tiene delante a una mujer.

—Voy a cambiar el CD —Me levanto del sofá, en parte para aliviar un poco la extraña tensión que siento entre nosotros; luego me vuelvo hacia él—. Mejor aún, elige tú la música —lo invito.

Martino echa un vistazo a las tres hileras de CD que ocupan desde hace varios años los estantes de la librería. A saber por qué no me los llevé a Roma… Los examina con atención resbalando un dedo por las fundas hasta que, de improviso, saca uno. Unos segundos más tarde la voz de Frank Sinatra retumba en los altavoces del estéreo, suave y envolvente, y empieza a sonar *Strangers in the Night*.

Martino me mira, ha adoptado un aire socarrón, casi audaz, me sonríe y la incomodidad se desvanece cuando me ofrece la mano.

—¿Me concede este baile?

—Con mucho gusto —contesto. Me levanto y hago una inclinación. Después me dejo envolver por su abrazo.

Él me estrecha de forma exageradamente delicada y da unos cuantos pasos inciertos. Le rodeo el cuello con las manos y acerco la cara a su hombro, de manera que puedo percibir el aroma de su camiseta. Huele a aire limpio. Siento el ligero cosquilleo de la barba sin afeitar en el pelo, el aliento cálido en mi mejilla. Sus manos se mueven ahora con mayor seguridad, siento que sus palmas se relajan y se abren en la tela de mi vestido.

—Lo haces de maravilla —susurro. Acto seguido cierro los ojos y me abandono, persiguiendo las notas con mi voz.

Martino estrecha su abrazo apretando mi espalda con sus manos calientes. Apoya la boca en mi pelo y acoge mi voz en la suya. Cantamos juntos.

Me siento a gusto entre sus brazos, pese a que tengo la extraña sensación de encontrarme en un lugar que no me pertenece del todo, pese a la turbación que me producen los diez años de diferencia que nos separan y la curiosidad, repentina e inoportuna, de conocer el sabor que tienen sus labios.

Los pies acarician el parqué haciéndolo crujir. Presiono su hombro con mi cara experimentando una mezcla de tristeza y alivio al pensar que, dentro de nada, la voz de Frank Sinatra se apagará y todo volverá a ser como antes. Yo volveré a ser Elena, la chica más madura y experta que hace las veces de hermana mayor, y él será de nuevo Martino, el amigo joven y un poco cortado que me inspira tanta ternura.

La música se desvanece y el silencio se instala entre nosotros. Los pies de Martino obedecen a los míos y se detienen. Pero él, en lugar de separarse, sigue abrazándome y yo no me decido a abrir los ojos hasta que oigo las notas swing de *The Way You Look Tonight*. Solo entonces, con precaución, como si no quisiera hacerle daño, aflojo el abrazo.

Martino me deja con desgana. Sus manos parecen vacías, insatisfechas, mientras se separan de mí y se apoyan en las caderas. Noto que su nuez hace un rápido movimiento, como si se acabase de tragar algo que ha preferido callar.

—¿Qué pasa? —Sonrío tratando de aligerar la tensión.

De repente, sus labios se pegan a los míos. Primero tímidamente, luego con determinación. Respiro para tratar de entender lo que está sucediendo y, sobre todo, para reconocer que el sabor es tan bueno como me imaginaba. Acto seguido entreabro la boca, dejo que su lengua se encuentre con la mía y que este beso se produzca.

Martino parece casi asombrado, su respiración se acelera a la vez que se acrecienta la intensidad de su emoción. Me parece notar cómo tiembla entre mis brazos.

Alargo una mano y le acaricio suavemente una ceja, tocando el piercing, y a continuación la dejo resbalar por su cara hasta la nuca.

Es el beso más delicado que he recibido en mi vida. Los labios de Martino son aterciopelados y acarician los míos con ligereza mientras su lengua se desliza poco a poco en mi boca, sin invadirla.

Se separa de mí y me mira maravillado.

—No sabes cuánto deseaba hacerlo.

—Has tardado un poco… —Sonrío revolviéndole el pelo.

—Creía que no querías.

—Hasta esta noche no sabía si lo deseaba.

Sus cejas son espesas y largas y en la pupila del ojo izquierdo brilla una pequeña mancha dorada. Nunca la había notado, nunca había estado tan cerca de él.

Le cojo la cara y lo vuelvo a besar, luego deslizo los dedos por sus brazos hasta que encuentro sus manos y las estrecho. Son unas manos lisas; a diferencia de las de Leonardo, no tienen huellas del tiempo y de las tempestades de la vida. Su cara es igual, con la piel tersa y una barba fina y suave. Tiene el olor y la consistencia de un cuerpo joven, un cuerpo que esta noche tengo ganas de descubrir. De manera que, sin dejar de besarlo, le desabrocho la camisa y, poco a poco, lo desnudo. Él no opone resistencia, aunque me mira con cierto temor. Pero, sobre todo, con deseo.

Ahora está completamente desnudo delante de mí y deja que lo examine: los músculos largos y finos recuerdan a los de sus bocetos al carboncillo y sus hombros, anchos y huesudos, caen en picado hacia su estrecha cintura. El sexo, ya erecto, palpita entre sus piernas. Martino es guapo; recuerda a un potro que no sabe qué hacer con la energía erótica y un tanto loca que la naturaleza le ha regalado. La pasión ha transformado su sonrisa apocada.

Lo llevo por el pasillo cogido de la mano. Llegamos a la cama, que esta mañana se quedó sin hacer, lo obligo a tumbarse, me desnudo y me tumbo a su lado. Nos besamos de nuevo, los besos son largos y profundos. Veo que su sexo crece y alargo una mano para acariciarlo.

Martino me mira con los ojos hinchados de emoción.

Se lleva una de mis manos a la boca y la besa con dulzura. Siento su aliento caliente en la muñeca.

Me siento a horcajadas sobre él y empiezo a besarle el pecho trazando una estela que va del corazón al ombligo. Su respiración se acelera a medida que mi lengua se va familiarizando con su piel. Después desciendo, cada vez más abajo, e introduzco su sexo entre mis labios. Lo chupo y lo lamo hasta que siento que la sangre palpita bajo la carne.

Martino me mira con una expresión de goce y asombro a la vez, como si no acabase de creerse lo que está sucediendo. Se apoya con las manos en la colcha mientras su pelvis se arquea hacia mí. Subo hasta la boca, le cojo con delicadeza una mano y me la pongo sobre un pecho. Martino titubea al principio, como si creyese que no tiene permiso. Después, sin embargo, acerca los labios a mi pezón y empieza a chuparlo y a morderlo. Le acaricio la nuca dejando que siga un poco más, gozando del intenso placer.

Se tumba encima de mí y se abre espacio entre mis piernas.

—Eres estupenda, Elena —murmura apretando los ojos y besándome el cuello. Luego se incorpora y me mira con la determinación de un deseo que ya no puede aguardar más.

Sujetándose el sexo con una mano intenta penetrarme, pero lo hace con tanta delicadeza que no logra entrar. Además, es posible que mis condiciones no sean las más adecuadas.

—Espera —susurro dulcemente. Le aferro una muñeca y lo invito a acariciarme, lo guío en el clítoris y luego lo empujo con un dedo para que entre en mí. Explora lentamente, sin presión, sin pretensiones, como una bola rodando suavemente sobre una mesa de billar. Busca de nuevo mis pezones con la boca al mismo tiempo que me acaricia los labios con los dedos, que empiezan a mojarse de deseo.

Cogiéndolo por las caderas, estrechas y lisas, lo atraigo hacia mí y, ayudándolo con una mano dejo que lo intente de nuevo. Pero tampoco lo consigue esta vez. Martino se echa sobre mí resoplando, escondiendo la cara entre mi cuello y mi hombro.

—Coño… ¡y eso que te deseo con todas mis fuerzas!

Sonrío, casi enternecida, y le acaricio la nuca meciéndolo entre mis brazos.

Al poco Martino vuelve a buscar mis labios y me besa de nuevo. Siento que su sexo hinchado me presiona el vientre. Lo secundo acariciándolo con una mano.

Tiene las pupilas dilatadas, su expresión ha dejado de ser dulce, ahora refleja agitación, casi impaciencia. Abro de nuevo las piernas invitándole a buscarme una vez más y él se aproxima a mí. Con un movimiento vacilante me llena por fin. Lo siento moverse despacio, a golpes, aún no sabe hasta dónde puede llegar. Tiembla y gime. El suyo es un suspiro leve, un soplo delicado, el placer que se libera de sus miembros. Lo cojo por las nalgas para ayudarlo a encontrar el ritmo. Cada vez está más seguro y me penetra con más convicción. Al final se deja guiar solo por el instinto, esa fuerza impetuosa y depredadora, ese deseo de penetrar y poseer: puro, ancestral, energía masculina.

Me produce un gran placer tenerlo dentro, pero sé ya que tampoco esta vez tendré un orgasmo. Mi mente está ofuscada por los pensamientos, mi sexo aún está habitado por el recuerdo de Leonardo, por el placer indeleble que él me dejó dentro.

Pero no permitiré que mis recuerdos estropeen este momento. Quiero que sea *su momento*, quiero que se sienta libre de perderse en mí sin frenos, quiero que la ternura que él me inspira venza sobre todo lo demás. Abriendo las piernas y arqueando la espalda, lo ayudo a conquistar su placer. Él susurra mi nombre, todo su cuerpo se tensa como la fibra viva y, por fin, se corre y se desploma sobre mi pecho.

Martino es sacudido durante unos minutos por un leve temblor. Miro cómo se estremece su piel lisa y clara.

—¿Tienes frío? —pregunto pasándole una mano por el brazo.

—No, es solo la emoción —responde buscando mi mirada—. Ver Venecia y hacer el amor por primera vez el mismo día…

—¡¿Qué?!

—Pues sí, para mí ha sido la primera vez —susurra, vacilante.

Dios mío. ¿Cómo es posible que no me haya dado cuenta? Pero ¿los jóvenes de hoy no eran mucho más espabilados y expertos?

«Relájate, Elena, no has hecho nada malo. Él también lo deseaba. Sobre todo él».

—Bueno, he salido con chicas…, pero nunca había llegado hasta el final — se justifica casi como si me hubiera leído el pensamiento. Tiene los pómulos rojos y los ojos brillantes—. No te lo he dicho porque sabía que te echarías atrás…, pero yo…, esto…, quería que tú fueses la primera.

Le sonrío perdiéndome en su mirada y le acaricio la ceja, cerca del piercing. ¿Cómo voy a echárselo en cara? Sus ojos me dicen que he hecho lo que debía. Al menos para él. A pesar de que entre nosotros nunca podrá nacer una historia de amor —los dos lo sabemos—, es la primera vez en varios meses que hago algo que no sea puro sexo.

—Pero ¿te ha gustado? —me pregunta Martino de buenas a primeras, preocupado por no haber estado a la altura. No deja de ser un hombre.

—Sí, mucho. —Lo beso con dulzura en la frente.

—Pero no te has corrido…

—No te preocupes —lo tranquilizo y le acaricio el pelo. Esa palabra, «corrido», dicha por él casi me hace reír. Quiero que el recuerdo de su primera vez sea hermoso, sin sombras—. Sigue siendo así, tierno y dulce, y las volverás locas.

Martino se enrosca a mi cuerpo y respira sobre él durante unos minutos. Lo abrazo acunándolo imperceptiblemente. De improviso, como si se despertase de un sueño, levanta la cabeza, toda despeinada, y mira alrededor un poco aturdido.

—¿Qué hora es?

—Las dos —contesto tras echar un vistazo al reloj del teléfono que está sobre la mesilla.

Exhala un largo suspiro y se incorpora apoyándose en el cabecero.

—Tengo que marcharme. He reservado una habitación en el hostal de la Giudecca para esta noche. ¿Queda lejos de aquí?

Lo aferro con dulzura.

—No está lejos, pero esta noche te quedas aquí.

Sonríe. Es evidente que lo deseaba.

—¿Estás segura de que puedo?

—Sí, te lo ruego. Quédate.

Hemos hecho el amor varias veces. Martino se ha mostrado fantasioso e incansable, daba la impresión de que quería descubrir en una sola noche todo lo que se puede saber sobre el sexo. Y yo me he entregado completamente a él, hasta saciar incluso el último de sus deseos. Cuando, agotados, nos hemos dejado envolver por el sueño, mi último pensamiento antes de dormirme ha estado dedicado a este muchacho de pelo revuelto y manos frágiles. Ahora es un hombre y me está mirando con nuevos ojos.

4

Abro los ojos poco a poco, con dificultad. Por primera vez en mucho tiempo, siento la tibieza de un cuerpo que duerme a mi lado. Es Martino. Esbozo una sonrisa, cierro de nuevo los párpados para volver a saborear la noche que acaba de transcurrir y pienso en el ritmo de su respiración, en el color de su piel, en todas sus zonas vírgenes que he explorado. Su ternura involuntaria y, por ello, tan franca ha sido lo más próximo al placer que he experimentado en mucho tiempo.

«Gracias, Martino».

Desentumezco los músculos y mis ojos buscan la luz apacible de la mañana. Me giro hacia un lado, me muevo despacio para no despertarlo. Martino sigue durmiendo, tiene el pelo enmarañado y la sonrisa cansada y satisfecha del que ha hecho el amor. Ha sido precioso ser su primera mujer y es estupendo tenerlo todavía a mi lado. Es pronto para las palabras, para las explicaciones que se sucederán.

En el duermevela, aparto la mirada de él y la poso en las paredes, el techo, los muebles. Veo el vestido azul eléctrico colgado de la puerta del armario y... ¡Dios mío, la boda! Abro desmesuradamente los ojos, debo de tener una expresión alucinada, digna de *La naranja mecánica.* ¿Por qué demonios no ha sonado el despertador?

Aterrorizada, extiendo un brazo hacia la mesilla y cojo el teléfono para ver la hora, pero está completamente muerto. ¡No es posible! ¡Y en este maldito piso ya no hay un despertador, porque el que tenía me lo llevé a Roma!

Con el corazón latiendo enloquecido enciendo la lámpara, busco el cargador en la mesilla, lo enchufo y lo conecto al teléfono, pero tiene tan poca batería que aún no se enciende. En ese momento, como la banda sonora perfecta de una película de suspense, el claxon rabioso de un *vaporetto* que cruza el Gran Canal rompe el silencio y me sobresalta. ¡Maldita sea!

Sin preocuparme ya por el ruido y sin temor a despertar a Martino, me levanto con un salto felino y me precipito a la cocina: ¡el reloj del microondas! Cuando leo los cuatro numeritos que aparecen en la pantalla lanzo un grito ahogado.

—¡Coño, coño, coño!

Son las diez y cincuenta minutos, Gaia se casa a las once y la iglesia, Santa Maria dei Miracoli, está en la otra punta de la ciudad.

Pero ¿por qué todo tiene que salir siempre mal? ¿Por qué solo causo problemas, esté donde esté? ¡Me gustaría meter la cabeza en este maldito horno!

Tengo que moverme, no puedo perderme en estúpidas reflexiones existenciales ahora. «Concéntrate, Elena, si los sabes aprovechar, diez minutos pueden ser suficientes».

Me precipito al cuarto de baño y me ducho a la velocidad de la luz. Prometí a Gaia que iría a su casa a las nueve para echarle una mano con los preparativos y para que el peluquero y el maquillador me arreglaran. Al ver que no llego, debe de estar pensando que me he muerto. Pero no tengo tiempo para justificaciones, en este momento no tengo tiempo para nada.

Salgo del baño chorreando, aún me quedan siete minutos para vestirme, maquillarme, peinarme, ponerme los tacones y atravesar la ciudad. Una misión imposible. Debería ser la novia la que se retrasa, la que deja a todos sin aliento. No la testigo. No la persona que estampa su firma para garantizar un vínculo que es para toda la vida. No yo, en pocas palabras. ¡Gaia nunca me lo perdonará!

No debo pensar en ello. Tengo que darme prisa y basta. Ya intentaré arreglarlo todo después. Siempre y cuando me conceda la oportunidad…

Descuelgo el vestido de la percha, me lo pongo y, sin abrochármelo, corro a echar un vistazo al teléfono.

Se ha vuelto a encender, por fin; tengo veintiséis llamadas perdidas de Gaia. Con las manos temblorosas por la ansiedad, intento llamarla, pero, claro está, no contesta. Faltan pocos minutos para que empiece la ceremonia y yo sigo aquí, en estas condiciones, con la cama ocupada por un joven de veinte años. S-o-c-o-r-r-o.

Martino duerme feliz. Podría dejarlo ahí, tranquilo, pero tengo auténtica necesidad de compartir mi tragedia con alguien.

—¡Martino, despierta! —Lo zarandeo.

—¿Qué hora es? —gruñe él volviéndose hacia un lado.

—Es tardísimo. Casi las once —le perforo los tímpanos a la vez que lo zarandeo con ímpetu.

—¿Eh? —Abre los ojos y se incorpora de golpe—. Pero tú… ¿no tenías… la boda?

—¡Sí, coño! ¡No llegaré a tiempo! —aúllo poniéndome de nuevo de pie de un salto y empezando a dar vueltas por la habitación como una mosca enloquecida en el interior de un tarro de cristal.

Martino se sienta y me mira con la cara aún descolorida.

—Tranquila. No resuelves nada poniéndote nerviosa. —Se levanta restregándose los ojos y desentumeciendo sus brazos delgados, y se apoya en la pared para no caerse. Creo que nunca habría imaginado que se iba a despertar así.

Mientras tanto, he recordado que aún tengo el vestido desabrochado y he empezado a combatir con la cremallera que tengo en la espalda.

Martino se acerca y me la sube con dulzura.

—Ya está.

—Caramba. ¡Me siento como una longaniza! —exclamo metiendo la barriga en un vano intento de parecer más delgada. A continuación brinco hasta el cuarto de baño olvidándome de darle las gracias.

Enciendo la luz del espejo y me miro. Tengo la cara descompuesta, dos ojeras de zombi y un grano, poco menos que un volcán, en la barbilla. Con gestos frenéticos e inconexos me aplico el corrector y el maquillaje, pero la situación no mejora mucho. Ahora parezco una estatua de cera.

Da igual, no tengo tiempo para perfeccionismos. Lo imperioso es pasar a las fases sucesivas. Saco del armario un viejo neceser con varios tipos de sombras y de coloretes compactos. Dado que el maquillaje nunca ha sido mi fuerte, es el momento de demostrar que las extenuantes lecciones de Gaia no han sido una pérdida de tiempo. ¿Lograré obtener un resultado que no sea demasiado indecente?

—Elena... —Es la voz de Martino, tan delicada como siempre. La típica de los que, en la vida, siempre temen molestar.

—Estoy aquí —contesto pasándome un poco de colorete por las mejillas.

—¿Puedo entrar? —Aparece en la puerta, vestido y calzado ya con las All Star.

—Por supuesto.

Su imagen se refleja en el espejo junto a la mía. Su aire desconcertado y un tanto turbado me ensancha el corazón.

Me vuelvo un momento y me aproximo a él.

—Siento no poder prestarte mucha atención… —Me pongo de puntillas y le estampo un beso fugaz en los labios—. Pero ¡estoy en plena emergencia! —añado ruidosamente enseguida y empiezo de nuevo a garrapatear mi cara—. No sé maquillarme en condiciones normales, así que imagínate ahora —resoplo mirándome al espejo y torciendo la boca en una expresión de disgusto.

—Puedo hacerlo yo. —Martino se pone a mi lado, delante del espejo. No está bromeando. Cuando menos, parece perfectamente consciente de lo que dice.

—¿Tú…?

Estoy tan desesperada que en este momento me lo creería todo, pero él ni siquiera me responde y me quita de la mano el aplicador de sombra. Estoy atónita. Con unos movimientos delicados, pero seguros, empieza a matizar los polvos por los párpados.

—Hice un curso de maquillaje teatral en la academia —explica—. Si te fías…

—¡Claro que me fío! Basta que seas rápido y que no me dejes como una de esas cantantes de ópera gordas, que parece que lleven una máscara en la cara.

Martino obra un milagro en mis ojos. Completo el trabajo con el rímel azul y un poco de brillo en los labios.

Echo un vistazo al iPhone: ¡son las once y cuarto! Teniendo en cuenta las manías de diva de Gaia, mi margen para llegar a tiempo a la ceremonia se extiende hasta las once y veinte. Quizá.

Jamás lo conseguiré.

Por si fuera poco, aún queda por resolver el problema del peinado. Me revuelvo ligeramente el pelo tratando de que cobre vida: es un cruce fascinante entre un cogollo de lechuga y un cocker. Si me hubiese despertado a tiempo, Patrick, el peluquero de Gaia, se habría ocupado de él.

Lo recojo en una coleta.

—¿Así? —le pregunto esperanzada a Martino—. ¿O mejor así? —Me lo suelto por los hombros dejándolo caer a un lado. Me ha crecido bastante, de manera que me llega casi hasta la cintura. Tarde o temprano tendré que decidirme a cortármelo.

—Hum… —Martino me estudia—. Quizá así —Me coge dulcemente el pelo y lo retuerce en una especie de moño bajo—. Te ilumina más la cara.

—Está bien. ¡Me fío de ti! —exclamo sujetando con una aguja de perlas el improvisado peinado. Este chico es una caja de sorpresas.

Me echo una nube de laca y salgo a toda prisa del baño para buscar los zapatos.

En ese momento —son ya las once y veinte— un timbre despiadado anuncia la llamada de mi madre. Obviamente, como corresponde al guion, se habrá sentado en los primeros bancos de la iglesia y, al no verme al lado de Gaia, habrá pensado en lo peor. Me está llamando por pura formalidad, pero tiene ya el dedo preparado para teclear el 113. A ella debo responderle.

—¡Mamá!

—¿Dónde demonios estás, Elena? ¿Sigues viva? —A pesar de que casi está susurrando, reconozco el tono violento de preocupación.

—Estoy bien, mamá —trato de calmarla—. No he oído el despertador. Tranquila.

—¡Dios mío! —Me la imagino alzando los ojos al cielo y apretando los labios, como suele hacer cuando no domina una situación—. ¡Date prisa, Elena! Estás haciendo un ridículo espantoso…

¡Como si no lo supiera!

—Vamos, no me hagas perder más tiempo. Voy enseguida. Adiós —concluyo a toda prisa.

En la agenda —menos mal que nunca lo he borrado— selecciono el número de Shark, el taxista abusivo más rápido de Venecia, y le pido que acuda al muelle de la Accademia en diez minutos, ni uno más. Por suerte, está libre y me tranquiliza:

—De acuerdo, corazón, por ti hago lo que sea.

Cojo del zapatero mis *peep toe* de color lila y me los pongo arriesgándome a romperme el cuello con las prisas, después cojo el bolso de mano y echo dentro unas cuantas cosas a la buena de Dios. ¡Lista!

No me miro al espejo, no tengo ni tiempo ni valor para hacerlo. Puede que, si me doy prisa, aún pueda llegar antes de que todo haya terminado. Incluso poco después de la entrada de la novia.

—Te olvidas de esto. —Martino me pasa el móvil, que había dejado en el zapatero.

—¡Gracias! —Meto el iPhone en el bolso, que ahora se cierra por un pelo.

Salimos de casa juntos y bajamos las escaleras a la velocidad máxima que me permiten los zapatos, que es, a decir verdad, escasa. Por suerte, Martino me ofrece el brazo. No sé por qué, pero me siento como una señora mayor a su lado. Aunque no es el momento de dedicarse a estas reflexiones.

Nos despedimos en el muelle de la Accademia.

—Ni siquiera te he preparado un café —digo a modo de disculpa.

Por toda respuesta, él me da un tímido beso en los labios y me mira con los ojos resplandecientes de gratitud.

—Jamás olvidaré esta noche —dice. Después me ayuda a subir al taxi.

—¡Nos vemos en Roma! —Le lanzo un beso desde la lancha a la vez que Shark baja de golpe la palanca del acelerador. Lo fulmino con la mirada; este loco puede arruinarme la puesta en escena de diva con un bandazo.

Las once y cuarenta minutos.

Cruzamos el Gran Canal a una velocidad prohibitiva, adelantamos a los *vaporetti* y a las barcazas, pasamos como una exhalación por debajo del puente de Rialto, delante de la policía municipal. Shark me tiende un pañuelo blanco y me ordena que lo agite, de manera que interpreto el papel de la moribunda —una moribunda increíblemente elegante— en el desesperado intento de llegar a la iglesia antes de que mi mejor amiga haya pronunciado el fatídico sí. El taxi enfila un canal estrecho y tortuoso en el que se ve obligado a frenar para no chocar contra una casa. Nos deslizamos suavemente por el agua durante varios metros hasta que, por fin, aparecen ante mis ojos los mármoles polícromos de Santa Maria dei Miracoli, iluminados por el sol de finales de abril. Una visión.

Las once y cincuenta minutos.

Con una hábil maniobra, Shark arrima el taxi al lado del canal que da a la calle y me abre la puerta. Le pago (un auténtico atraco a mano armada), desciendo de la lancha con un salto digno de una acróbata y, arriesgando la vida a cada metro que avanzo con estos tacones vertiginosos, echo a correr por la calle como una endemoniada. Jadeo, sudo, el maquillaje se me está corriendo, el peinado se deshace, pero vale la pena, porque quizá aún pueda acompañar a Gaia en el día más hermoso de su vida.

En cambio, no. Todo ha sido inútil. Lo entiendo cuando entro en el atrio y me embiste un torrente de invitados que salen en ese momento de la iglesia. ¡Maldita sea! ¿Tan puntual ha sido mi amiga? Pero, sobre todo, ¡¿tanta prisa tenía por casarse?! Además, caramba con el cura…, ¡ha celebrado la misa a la velocidad del rayo!

Con todo, no me doy por vencida. A pesar de que los novios ya se han dado el sí —cómo he podido hacerle esto a Gaia—, puede que aún no hayan firmado en el registro y aún llegue a tiempo de desempeñar mi deber de testigo. Desafío a la multitud como una amazona, avanzando a contramano y abriéndome camino a empujones. Todos me miran con una mezcla de perplejidad y desaprobación.

Reconozco a Valentina, Serena y Cecilia, resplandecientes como si estuvieran sobre una pasarela. Vale, que siempre ha aspirado al papel de testigo, me mira como diciendo: «¡¿Te presentas ahora?!». En mi enloquecido avance me cruzo también con mi madre, que se lleva las manos a la cara y se para a mirarme boquiabierta. La ignoro y sigo adelante impertérrita, buscando a los novios. Cruzo con unas zancadas dignas de una velocista la nave central de la iglesia, decorada con rosas blancas y azules, pero no hay ni rastro de Gaia y Samuel.

Me precipito hacia la sacristía, que está a un lado del altar mayor. Las puertas están abiertas, reconozco a los novios de espaldas y delante de ellos al cura, que justo en este instante les tiende el enorme registro de pergamino donde deben firmar los testigos.

—¡Esperad! ¡Quietos! —grito clavando los tacones en el pavimento de mármol.

—¡Elena! —Gaia se vuelve y me mira alterada—. Pero ¿dónde te habías metido? —Se está conteniendo. Si no estuviésemos en un lugar sagrado, me cantaría las cuarenta…

Está guapísima. Mi corazón se detiene por un segundo y los ojos se me empañan al verla así, con el vestido blanco cubierto de perlas y de bordados, el pelo rubio recogido en un sofisticado peinado y el velo de seda que, desde el moño, le llega a los pies.

—Perdóname —le suplico doblada en dos sin poder respirar. Tengo la impresión de que me voy a desmayar—. He tenido un contratiempo. Luego te lo explico todo.

—Te dábamos por perdida —tercia Samuel. No sé si el tono es de ironía o de reproche, no logro descifrarlo. En cualquier caso, ahora que lo miro no puedo por menos que reconocer que también él está espléndido. Lleva un chaqué negro con una corbata de color azul eléctrico y un clavel a juego en el ojal. Su testigo es Roberto, el amigo que lo acompañaba la primera vez que lo vi.

—Bueno, ya es un poco tarde —dice Alessandra, la hermana de Gaia. Me mira contrariada con la pluma en la mano, lista para firmar. Casi me anima el hecho de que Gaia la haya elegido a ella y no a Valentina para sustituirme.

—Bueno, queridos, ¿seguimos adelante? —El sacerdote abre el registro por la página del día e indica el lugar en el que los testigos deben escribir su nombre.

Inspiro hondo, me llevo una mano al pecho con un gesto teatral y pronuncio mi triste apelación:

—Escuchad, a pesar de que no he asistido a la boda, sigo siendo la mejor amiga de la novia. —Miro a Gaia a los ojos como si fuera un cachorro perdido y una lágrima se desliza silenciosa por mi mejilla—. Te lo ruego, no sabes cuánto deseo ser tu testigo. Nos hicimos una promesa…

Gaia se queda en un principio atónita, pero después una leve sonrisa se dibuja en sus labios. No es la sonrisa de siempre, pero no pretendo más después de la que he organizado. A continuación hace un ademán con la cabeza a su hermana, que, resentida pero sumisa, me pasa la pluma. La cojo con la mano temblorosa y me inclino sobre el registro para firmar.

Después de que el otro testigo haya firmado también, acompañamos fuera a los novios. Gaia va cogida de la mano de Samuel. Roberto y yo los flanqueamos. Alessandra cierra el cortejo.

Mientras recorremos la nave central, Gaia se vuelve hacia mí y me susurra:

—¿Qué demonios te ha pasado? ¡Estaba aterrorizada sin ti!

—Lo sé, luego te lo cuento…

—Espero que el tipo al menos valiese la pena… —Gaia me guiña un ojo. Vuelve a ser la de siempre, me ha perdonado. Sabedora de mis correrías sexuales, da por descontado que ese ha sido el motivo de mi retraso. En efecto, no va muy desencaminada.

—No es lo que piensas… —Me gustaría explicár-selo, pero estamos a un paso de la salida triunfal y no hay tiempo para discursos.

Los invitados aplauden y tiran a Gaia y Samuel una nube de pétalos blancos y azules. Una vez terminadas las fotografías de rigor, los novios se despiden de todos y se marchan a bordo de una góndola adornada con una cascada de rosas a la vez que los invitados se dispersan a pie por la calle, en dirección al palacio Pisani Moretta, donde va a celebrarse el banquete.

Después de tragarme un sermón venenoso de mi madre a la salida de la iglesia, me he acercado a Valentina, Serena y Cecilia, que, con sus vestidos fluorescentes, parecen una versión postmoderna de las tres Marías, y hemos ido jun-tas al palacio. Me he pasado el trayecto improvisando una historia que justificase el imperdonable retraso sin generar un ulterior escándalo. Me he inventado una mancha en el vestido que he debido lavar en el último momento, pero es más que improbable que las haya convencido. En resu-men, me ha tocado soportar sus miradas de desaprobación.

Delante del edificio nuestra comitiva se une a la de los amigos de Belotti, un grupo de ciclistas de varias na-cionalidades vestidos como modelos, hasta tal punto que parecen salidos de un anuncio de Dolce & Gabbana. De esta forma, mientras, entre una copa de champán y otra, esperamos la llegada de los novios al patio exterior, se inicia el vals de los galanteos.

Doy fe —¡esta vez sin miedo!— de que en las bodas se liga bastante. Un español de cuerpo escultural se interesa por mí y no deja de llenarme la copa. Lo oigo susurrar en español más de una vez *qué guapa*, pero no logro entender el sentido preciso de lo que dice, dado que, al igual que yo, también está un poco borracho. Si no fuera porque aún estoy envuelta en el recuerdo de la noche que he pasado con Martino, tomaría seriamente en consideración sus músculos marcados bajo la camisa ceñida de algodón. Pero hoy no estoy de humor.

Por fin hacen su entrada los novios. Me acerco a Gaia, resuelta a conquistar un poco su atención, pero apenas hemos cruzado dos palabras cuando un grupo aguerrido de parientes se aproxima a nosotras y se la lleva para felicitarla. Ella me dirige una mirada de resignación, debe de estar ya cansada.

Bebo el último sorbo de vino espumoso y me acerco de nuevo a Serena, Cecilia y Valentina, quienes, entretanto, han rodeado a *mi español* y se lo están disputando a fuerza de sonrisitas y miradas lánguidas. Paciencia. Todo para ellas.

El maestro de ceremonias nos invita a entrar. En el interior, el palacio parece una residencia real: las alfombras de las escalinatas son de terciopelo rojo, las lámparas de cristal de Murano, el pavimento de mármol resplandeciente y por todas partes se ven unas sofisticadas composiciones florales de color azul y blanco. En el centro del salón principal, la reproducción en plexiglás de una góndola alberga una barra con vinos caros y pinchos de todo tipo. Cada vez que pruebo algo especialmente sugestivo o fantasioso, no puedo por menos que pensar en Leonardo, en la pasión que lo ha convertido en un gran chef, en la delicadeza y la habilidad de sus manos, en la creatividad con que realiza sus platos. Para él la comida es alimento en un sentido total y, por tanto, también estético; en pocas palabras, un encuentro entre el cuerpo y el alma.

Gracias a él, ahora soy capaz de apreciar esta cocina. Él me reveló el verdadero sabor de las cosas instilándome un hambre insaciable por la vida. Él me llevó al ápice del placer, el mismo que ahora se me niega de manera inexplicable.

Para dejar de pensar, saco el iPhone del bolso. Espero que una ronda rápida de Ruzzle me vacíe la mente, pese a que en los últimos tiempos las palabras que más compongo —«sexo», «manos», «cama», «perfume»— lo evocan siempre a él.

—Bueno, oigamos lo que has de contarme para disculparte. —La voz de Gaia, con una punta de acidez y de reproche, me devuelve a la realidad. Se sienta a mi lado y me mira fijamente: el proceso ha comenzado. Guardo el teléfono y, por fin, puedo contárselo todo: mi aventura tierna y surrealista con Martino y el trepidante despertar de esta mañana. Es una liberación —¿a quién, si no, podría contarle que he destetado a un chico de veinte años?—, pese a que me veo obligada a hacer penitencia por haberme perdido la ceremonia.

—Entonces, ¿me perdonas de verdad? —le pregunto abriendo mucho los ojos.

Ella me mira con severidad. El vestido blanco le confiere un aire angelical que no le corresponde y que me cohíbe un poco.

—De acuerdo —dice al final frunciendo la nariz—, pero solo un poco.

No necesito más para echarle los brazos al cuello y acribillarla a besos y declaraciones de amor eterno e incondicional.

Me aparta esbozando una sonrisa.

—Quieta, ¡me estás estropeando el maquillaje!

Luego vuelve a su mesa, al lado de Samuel, que ya la está reclamando.

Es la mejor amiga que se pueda desear.

Mientras nos sirven el segundo plato de un banquete que está sometiendo las costuras de mi Versace a una dura prueba, recibo un SMS de Martino.

¿Cómo te va? ¿Te ha perdonado tu amiga? Un beso.

Marti

Una sonrisa preñada de ternura se dibuja en mis labios. Mi amiga me ha perdonado, pero los demás no dejan de mirarme acusadoramente: los padres y la hermana de Gaia, las tres Marías, que están sentadas a mi mesa; ninguno de ellos me trata con la habitual familiaridad. Puede que solo sea una impresión mía —¿será el sentimiento de culpa por lo que he hecho esta noche?—, el caso es que me siento incómoda entre todos estos invitados, tan serios con sus vestidos oscuros y sus peinados embalsamados. Que se vayan al infierno, no he hecho nada malo y, por tanto, no veo por qué no puedo contestar a Martino que todo va bien y que su maquillaje ha resistido de maravilla. Quiero que sonría cuando se acuerde de mí, de su primera vez y de Venecia.

Las horas pasan y yo sigo bebiendo sin freno, ignorando las miradas de desaprobación de los demás. Lo sé, me he equivocado, también me estoy equivocando ahora, pero no podéis condenarme así, sin posibilidad de apelación, y justo en este momento. Las cosas son ya bastante difíciles…

Miro alrededor y solo veo gente feliz. No tengo nada que ver con estos amigos, con sus sonrisas y sus buenas noticias. De repente, me siento sola y fuera de lugar. Gaia se ha casado hoy, es oficialmente la esposa de Samuel Belotti y, al menos vistos desde aquí, parecen la pareja más bonita del mundo. Cecilia acaba de encontrar un trabajo magnífico como ingeniera ambiental en Francia y dentro de poco se mudará a París con su novio. Valentina y Serena están proyectando abrir juntas un local y puede que una de las dos consiga al apuesto ciclista ibérico antes de que finalice el día. Pienso también en Filippo, que ha realizado el sueño de abrir un estudio propio y que ha comprado el famoso piso del

Gran Canal al que, con toda probabilidad, se irá a vivir con su novia. Todos parecen realizados o, cuando menos, tienen un objetivo en la vida. Elena Volpe, en cambio, aún está buscando su lugar en el mundo y cada vez se siente más a disgusto en su vestido y, sobre todo, en su piel.

Una melancolía pesada e inevitable me empaña la mirada. La única nota positiva de esta fiesta, pienso en un doloroso instante, es este fantástico Cartizze Superiore. Así que me sirvo otra copa.

Cuando el maestro de ceremonias anuncia la llegada de la tarta nupcial, mi tasa de alcoholemia ya es considerable. El mundo me resulta ahora más aceptable, si bien muy confuso. Me levanto, algo menos estable que cuando me senté, y, con el resto de los invitados, me acerco a la mesa de los novios. Mientras todos aplauden y gritan felicitaciones que, a mis oídos, suenan casi obscenas —pero ¿se hace eso en las bodas?—, Gaia y Samuel empiezan a cortar una escenográfica tarta de cinco pisos rellena de nata montada y frutas del bosque.

—¡Brindemos por los novios! —grita exultante el padre de Gaia con su vozarrón. Acto seguido alza la copa al cielo e invita a todos a secundarlo.

Valentina, que a todas luces esperaba con ansiedad su momento, sube al palco y, rebosante de orgullo, desenrolla un pequeño pergamino. Al cabo de un instante de suspense, empieza a leer con énfasis una página de *El Profeta,* de Jalil Gibran:

Nacisteis juntos y juntos permaneceréis para siempre.
Estaréis juntos cuando las blancas alas de la muerte
esparzan vuestros días.
Y también en la memoria silenciosa de Dios estaréis
juntos.
Pero dejad que crezcan espacios en vuestra cercanía
y que los vientos del cielo dancen entre vosotros.

Amaos el uno al otro, pero no convirtáis vuestro
amor en una prisión;
que sea, más bien, un mar agitado entre las orillas
de vuestras almas.
Llenaos uno a otro vuestras copas, pero no bebáis
de una misma copa.
Compartid vuestro pan, pero no comáis del mismo trozo.
Cantad y bailad juntos y estad alegres, pero que
cada uno de vosotros sea independiente.
Las cuerdas de un laúd están separadas, aunque
vibren con la misma música.
Entregaos vuestro corazón, pero no para que vuestro
compañero se adueñe de él.
Porque solo la mano de la Vida puede contener los
corazones.
Y permaneced juntos, pero no demasiado juntos.
Porque los pilares sostienen el templo, pero están
separados,
y ni el roble crece bajo la sombra del ciprés ni el
ciprés bajo la del roble.

Un aplauso se eleva entre los invitados a la vez que los novios dan las gracias conmovidos.

Después toma la palabra la madre de Gaia:

—Yo no sé expresarme tan bien —hace una pausa, tiene los ojos empañados—, pero quiero desear a mi hija y a Samuel que sean felices, siempre. Y que, cuando eso no sea posible, permanezcan tan unidos y enamorados como lo están ahora.

Cuando también Alessandra alza la copa y suelta el enésimo «¡Gaia y Samuel, os deseo que vuestro amor dure toda la vida!», siento que la cabeza me va a estallar de tanta melosidad. Ha llegado el momento de animar el ambiente… Supongo que son los ríos de Cartizze que fluyen por mis venas los que me guían.

—Ahora me toca a mí —anuncio dando unos golpecitos en el fuste de la copa con el cuchillo y carraspeo—. Más que un augurio, la mía es una esperanza. Ahora que os habéis casado, os ruego… —Respiro y arrojo la bomba—: ¡Haced el amor más a menudo! Tu mujercita, Samuel, no se contenta con una vez al mes, le parece una miseria… —Suelto una carcajada grosera, pero enseguida me doy cuenta de que soy la única que se ríe en la sala, porque el resto de los invitados se han quedado helados. Dios mío, ¿tan terrible es lo que he dicho?—. Vamos, estaba bromeando… Solo era una broma… —me justifico con cierta incomodidad bajo la mirada de espanto de los invitados.

El pianista debe de ser una persona muy intuitiva, porque interrumpe mis balbuceos poniéndose a tocar *I Say a Little Prayer.* Pero yo no soy Rupert Everett y aún menos Julia Roberts, y esta no es, desde luego, la atmósfera que se respiraba en *La boda de mi mejor amigo.* Soy una estúpida, eso es lo que soy, la testigo que nadie querría tener, y, a juzgar por la cara que ha puesto mi mejor amiga, acabo de organizar una buena.

Mientras sirven la tarta y, por suerte, todos parecen haber olvidado mis dos minutos de locura —ahora me ignoran ostentosamente—, Gaia se acerca a mí y me zarandea cogiéndome de un brazo.

—¿Serías tan amable de acompañarme un momento al servicio? —me pregunta fulminándome con la mirada.

—Por supuesto. —La sigo dócilmente, sujetándole con torpeza la cola. Supongo que forma parte de mis deberes de testigo y me gustaría desempeñar al menos uno, pero lo cierto es que a cada paso que doy corro el riesgo de caer de bruces al suelo tropezando con su vestido.

Apenas entramos en el baño, Gaia se planta delante de mí.

—Ele, mírame a los ojos. ¿Se puede saber qué demonios te ocurre?

—¿En qué sentido? —Me encojo de hombros. En este momento creo que la mejor estrategia es negarlo todo, mostrar indiferencia. En pocas palabras, hacerme la tonta.

—¡¿Estás bien?! ¡En el sentido de que me gustaría que no pregonases a los cuatro vientos las confidencias que te hago sobre mi vida sexual! —Ahora sí que parece realmente enfadada.

—Vamos, qué mojigata te has vuelto con la historia de que ahora eres una mujer casada... ¡Solo era una broma! —digo tratando de restarle importancia al asunto.

—Sí, una broma desafortunada. Que, además, ni siquiera es propia de ti. Te juro que no te entiendo. —Me clava con rabia el índice en el esternón.

—¡Menudo rollo! —la atajo, irritada—. Hace unas horas que te convertiste en la señora Belotti y ya tienes el aire beato de una burguesa...

También esta debe de ser una ocurrencia de mal gusto, porque Gaia no se ríe; al contrario, me mira airada. Casi tengo la impresión de que le está saliendo humo por las orejas. Quizá me haya pasado un poco con el Cartizze.

—¿Cuánto has bebido? —me pregunta a bocajarro.

—Ya está, ¡ahora resulta que ni siquiera puedo brindar en la boda de mi mejor amiga!

—Me parece que últimamente brindas demasiado...

—Lo tengo todo bajo control, tranquila.

Gaia cabecea.

—No te reconozco, Ele. Te presentas cuando la ceremonia ha terminado, bebes como una esponja, dices cosas incoherentes y embarazosas... Y no me refiero solo a hoy. Hace tiempo que estás distraída. Me rehúyes, ya no sé nada de ti, mantienes las distancias…

—¡Vaya rollo, Gaia! —grito. El vino se me está subiendo a la cabeza, los oídos me zumban y la charla de mi amiga no mejora, desde luego, la situación.

—Oye. Sé que aún sufres por Leonardo…

No la dejo acabar. Ese nombre hace saltar en mí una rabia inesperada.

—¡Estoy bien, a ver si lo entendéis todos de una vez! —grito de nuevo—. Tú, Paola, mis padres… ¡no dejáis de decirme lo extraña que estoy y cuánto sufro! ¡No quiero sufrir, metéoslo en la cabeza de una vez! ¡Lo único que quiero es divertirme un poco y disfrutar de la vida!

—Solo estoy preocupada por ti, Ele. —Gaia me mira espantada. Creo que nunca me ha visto reaccionar de esta forma.

—¿Sabes lo que pienso yo? —prosigo; a estas alturas no hay quien me pare—. Pienso que compites conmigo. Sí…, en el fondo, el hecho de verme tan emprendedora y desinhibida te molesta. Te gustaría que siguiese siendo ingenua y un poco torpe como antes, porque entonces era inocua, me mantenía en mi sitio sin molestar y no te restaba protagonismo. Bueno, lo siento por ti, pero el patito feo se ha convertido en una princesa.

Puede que me esté pasando, además de estar confundiendo los cuentos… No sé por qué le estoy escupiendo tanto veneno. A decir verdad, no era consciente de guardar todo esto en mi interior y el desahogo me ha dejado un sabor amargo en la boca.

Gaia tiene los ojos empañados.

—De manera que eso es lo que piensas de mí. —Se calla, como si estuviese esperando que me eche atrás o me disculpe, cosa que no sucede.

Le mantengo la mirada en silencio; si bien no estoy del todo convencida de lo que he dicho, soy demasiado orgullosa para rectificar…

Gaia sale del baño dando un portazo.

Me quedo un momento más allí, respirando hondo, con los labios apretados y las fosas nasales bien abiertas. Me agacho apoyando la espalda en la pared. Inclino la cabeza hacia delante. Estoy harta de consejos, reproches y caras de preocupación. Estoy harta de que los demás no dejen de recordarme cómo era y de reprocharme que me he convertido en un monstruo. Acabo de herir a mi mejor amiga, pero en este momento no soy capaz de hacer otra cosa, de manera que es mejor que se mantenga lejos de mí. Le he arruinado ya la ceremonia, tengo que procurar no destrozar por completo el recuerdo de su día más hermoso.

A veces las personas que te quieren pueden ser molestas. Y no puedes tenerlas cerca cuando sientes la necesidad de hacerte daño.

5

Después de la proeza que realicé en la boda de Gaia, volver a Roma no ha sido, lo que se dice, un alivio. Como no podía ser menos, Gaia no ha vuelto a dar señales de vida; ahora está pasando la luna de miel en las Seychelles y no tengo la menor intención de molestarla. Además, no tengo ganas ni fuerzas para dar el primer paso hacia la reconciliación. Me temo que necesitaremos tiempo para que la herida cicatrice. Pero estoy segura de que es lo que acabará sucediendo.

Nuestra pelea ha sido, para mí, un cambio doloroso, pero, probablemente, inevitable; tengo la impresión de haber abierto una zona íntima y vulnerable en la que guardaba, sin saberlo, una reserva de amargura y desencanto. Estalló sin previo aviso, toda a la vez, y lamento que haya sido ella la que ha sufrido las consecuencias. Pero ese veneno ocupa ahora todos mis pensamientos y contamina mis emociones. Y yo me siento impotente, no logro librarme de él.

Puede que solo la inocencia y la ternura de Martino logren deshacer, aunque no lo suficiente, el grumo de tristeza que llevo en mi interior. Por eso ahora estoy yendo a verlo. Hemos quedado en Porta Portese a las cinco y tengo que darme prisa si no quiero llegar, como siempre, con retraso, porque me he convertido en una tardona crónica. Él volvió a Roma al día siguiente de nuestra noche veneciana y me ha llamado varias veces desde entonces. Yo le he respondido siempre, pero me he mostrado un poco fría, casi indiferente; he pensado mucho en lo que ocurrió entre nosotros y, pese a que fue una de las noches más bonitas de los últimos meses, he decidido que no se repetirá. Quizá sea una ingenua, pero me gustaría tratar de mantener nuestra extraña amistad y proteger a Martino de los errores que, lo sé, yo acabaría cometiendo. Seguir haciendo el amor con él sería bonito y gratificante para mí, pero solo un poco. Porque en estas condiciones no puedo querer a nadie y, quizá, lo único que conseguiría sería herirlo. Y él no se lo merece. No quiero decepcionarlo, no quiero jugar con él como estoy haciendo con los demás hombres, que no me importan lo más mínimo. Martino es una persona preciosa y frágil y por eso debo alejarlo de mí, para no herirlo.

Mientras cruzo el Tíber recibo un SMS.

> Disculpa, llego tarde. Me han retenido en la universidad. Nos vemos dentro de media hora. Confío en que me esperes. :(

Sonrío. Y eso que nos lo juramos: «¡Nada de caritas, por el amor de Dios!». Sin embargo, no ha podido resistirlo. Así pues, yo también me siento autorizada a utilizarlas.

> No te preocupes. Daré un paseo mientras tanto. Hasta luego. :)

Paseo un rato por los callejones del Trastévere hasta que desemboco a las puertas de la iglesia de San Francesco a Ripa. Entro movida por una vaga curiosidad con la esperanza de encontrar un poco de aire fresco. A pesar de que las horas más sofocantes han pasado ya, los adoquines y las fachadas de los edificios emanan aún el calor que han absorbido desde la mañana.

Una vez dentro, aguardo a que mis ojos se acostumbren a la penumbra y a continuación recorro la nave. De repente, me llama la atención una escultura de extraordinaria belleza que se perfila detrás de una especie de telón, en la penumbra de una pequeña capilla. Me acerco a ella sacudida por una poderosa e indescifrable energía. En una placa que hay a un lado de la capilla leo: «Éxtasis de la beata Ludovica Albertoni de Gian Lorenzo Bernini, 1674».

¡Una escultura de Bernini que aún no había visto! Me alegro de haberla descubierto así, por pura casualidad, porque me está dejando literalmente sin aliento. La beata yace en una cama bordada en el mármol con increíble maestría. Un haz de luz penetra por una ventana invisible confiriéndole un halo de misticismo realmente palpable. Tratándose de una beata, lo más extraño es que el cuerpo esculpido transmite una sensualidad poco menos que desbordante: la boca entreabierta, los ojos entornados, la cabeza reclinada, la mano izquierda apoyada en el vientre, la otra justo debajo del pecho, señalando el corazón. Y, además, la cara, su arrobamiento, que Bernini ha fijado para siempre con un perfecto equilibrio entre placer y dolor. La beata está experimentando un éxtasis espiritual, pero su abandono es tan físico que casi parece otra cosa. Puede que sea yo, que en este momento especial de mi vida no soy capaz de pensar en nada más, pero me parece que la expresión que tiene el semblante de Ludovica es casi de gozo… A ello se añaden las vestiduras en desorden que se agitan y se hinchan como si su carne pugnase por salir de ellas para unirse a Dios. Tengo la impresión de sentir la tensión que está experimentando, el magma indefinido que anima esa piedra, viva y eterna gracias a la mano del artista. En pocas palabras, tengo la pura sensación de que la beata está viviendo algo muy parecido a un orgasmo.

Desecho de inmediato ese pensamiento, pero no logro alejarme de ella y me quedo mirándola, absorta.

Es como si esta mujer de mármol quisiese hablar conmigo. Intuyo lo que quiere decirme, es algo fuerte, relacionado con la idea de que la carne y el alma no son dos cosas opuestas, sino dos caras del mismo prisma. Inspiro el olor de los cirios encendidos, de la cera que arde, y al expirar siento que yo también estoy ardiendo. En el estómago y en las entrañas.

Permanezco así un rato más, persiguiendo una intuición que no logra tomar forma, hasta que un SMS de Martino me devuelve a la realidad. Me advierte que en cinco minutos estará en Porta Portese.

Ya está, ahora sí tengo una auténtica razón para salir de aquí. Me apresuro a poner orden en mis pensamientos y, sin volverme, me encamino con la cabeza inclinada hacia la salida.

Nos sentamos en un café. Aún hace calor, pero, al amparo de los edificios altos que nos rodean, podemos disfrutar de un poco de sombra. Las mesas contiguas están casi exclusivamente ocupadas por turistas, pero, a juzgar por la decoración, el bar abrió sus puertas un poco antes de que el Trastévere empezase a aparecer en las guías y se convirtiese en un barrio de moda.

Martino está radiante, casi me duele ver la sonrisa amplia y confiada que me dirige. Hablamos un poco de sus estudios y de la boda de Gaia, pero los dos somos conscientes de que estamos evitando el verdadero motivo de nuestro encuentro.

—Oye… —le digo de buenas a primeras aprovechando un momento de silencio—. Quería hablarte de la otra noche —soy la mayor, pese a que me da risa cuando lo pienso, de manera que me corresponde sacar el tema a colación.

Martino asiente con la cabeza. Se ha puesto serio y sus manos se aferran instintivamente a la copa de *spritz* que tiene delante. Nervioso, empieza a remover el hielo con la pajita.

—La verdad es que no hay nada que decir —declara con voz ronca—. Sé que no estás enamorada de mí. —Haciendo gala de valor, sus ojos vuelven a mirarme, tan serenos y resignados como los de una víctima que se dirige al patíbulo por voluntad propia. Lo ha comprendido todo, lo he subestimado. Esboza una sonrisa forzada. Sé que lo hace con la única intención de facilitarme la tarea.

—Fue precioso, Elena, aunque no vuelva a suceder, porque sé que será así.

Siento que mi corazón, pesadísimo, cae en el adoquinado y se aplasta.

—Es mejor así, créeme —le digo haciendo acopio de todas mis fuerzas.

—Dime solo una cosa: si no fuese por la diferencia de edad, sería distinto, ¿verdad? —me pregunta frunciendo el entrecejo.

Su ingenuidad me abre el corazón. Por mucho que intente afrontar la cuestión como un hombre, Martino no deja de ser un muchacho. Por suerte.

—¿Cómo puedo saberlo? —Me encojo de hombros. Tengo varios años más que él, pero pocas respuestas más—. Lo que sucedió en Venecia también fue importante para mí —le digo con sinceridad—. No fue un polvo sin más. Tenía sentido y sé que siempre será uno de mis recuerdos más hermosos, pero si no queremos estropearlo todo, si no queremos perdernos, es mejor que dejemos las cosas como están.

Martino asiente con la cabeza, parece un buen estudiante tomando apuntes en una lección.

—Te aprecio mucho, ¿sabes? —añado después acariciándole el pelo.

Ya está, he dicho lo esencial. Y Martino no hace nada para obligarme a cambiar de idea. Ahora me siento más ligera. Nos levantamos de la mesa y nos encaminamos, uno al lado del otro, a su parada.

—Te llamo dentro de unos días —le prometo cuando veo llegar el tranvía. Él tarda un poco en responder. Se mira la punta de las All Star como si en ellas estuviese escrito lo que debe decir.

—Oye, dejemos pasar un poco de tiempo, ¿de acuerdo? —suelta al final de un tirón—. Prefiero que no nos veamos por el momento.

Recibo la respuesta como una bofetada. Es justo que sea así: no puedo pretender que todo vuelva a ser como antes y que sigamos con nuestra relación como si no hubiese pasado nada. He sido una ingenua egoísta. Me duele, pero lo acepto.

—De acuerdo —concluyo, y esta vez soy yo la que tiene que hacer un esfuerzo para sonreír—. Quiero que sepas que, cuando quieras, puedes contar conmigo.

—Entonces adiós. —Casi sin mirarme, sube al tranvía, que lo engulle y se lo lleva de allí.

«Escapa, Martino. Y, si puedes, no pienses en mí».

Al entrar en casa casi tropiezo con Paola, que se está peinando delante del espejo del recibidor.

—¿Adónde vas? —le pregunto, curiosa.

—Tengo una cita.

Comprendo que se trata de *ese tipo* de cita.

—¿Y no me dices nada? —Por lo general nos lo contamos todo.

Ella deja de peinarse y me mira entre resentida y pesarosa.

—Es que no ha habido forma…

—Pero si vivimos juntas…

—Sí, lástima que tú nunca estás en casa… y cuando estás o duermes o estás delante del ordenador haciendo a saber qué.

Suena, a todas luces, a reproche. Por un instante temo que nos enzarcemos en un ajuste de cuentas sobre nuestra convivencia y no tengo ningunas ganas de eso. Ahora no.

—En cualquier caso, se llama Monique, es de mi edad, francesa y trabaja en Villa Médicis —me revela Paola borrando mis temores con una sonrisa. Debe de haber decidido que por el momento le basta con provocarme.

—¡Vamos, cuéntame algo más! —la apremio dándole un pequeño puñetazo en un hombro. Quizá aún quede margen para insistir.

Me cuenta que la ha conocido en el trabajo. Monique es la responsable de la recepción de la villa, no tiene novio ni marido y vive libremente su homosexualidad. No es como Borraccini, la ex de Paola, además de mi profesora de restauración, que mantuvo su relación en la clandestinidad durante varios años.

—A decir verdad, hace tiempo que me invita a salir y siempre me he negado —prosigue Paola—. Pero esta noche me he dicho: ¿Por qué no?

En el último año, después de poner punto final a su relación con Gabriella, Paola ha afrontado el dolor con un valor y un aguante que pocas veces he visto en nadie. No se ha derrumbado en ningún momento ni se ha regodeado en la autocompasión. Ha seguido haciendo lo mismo de antes. Únicamente su mirada parecía más apagada. Su corazón se había encerrado en sí mismo y ella lo llevaba dentro como un peso muerto. Se obstinó en permanecer sola y durante varios meses no ha querido ver a nadie. Con todo, no se ha endurecido, como suele ocurrir en esas situaciones.

De manera que ese «¿por qué no?» implica que se está dando la oportunidad de tener una nueva vida, una nueva felicidad. No sé si Paola es consciente, pero la forma en que me mira me hace pensar que sí.

—Claro, ¿por qué no? —repito esbozando una leve sonrisa.

—Sé que te parecerá una banalidad —me dice mirándose al espejo con ojos resplandecientes—, pero Monique es distinta a las mujeres que he frecuentado en el pasado. Incluso en el caso de Gabriella, siempre he sido yo la que las buscaba, la que debía luchar para poder disfrutar de un poco de tiempo en su compañía. Ella, en cambio, me colma de atenciones. Te confieso que me siento cohibida, no estoy acostumbrada.

—Me parece una magnífica premisa —le digo pasándole el bolso—. Monique ya me cae simpática. —En efecto, si algo debe aprender Paola es a aceptar que la quieran sin peros ni condiciones.

—¿Qué piensas? ¿Estoy bien? —me pregunta volviéndose hacia mí.

—Estás perfecta —afirmo mientras la sigo en el umbral.

Paola baja a toda prisa la escalera dejando detrás un rastro de Chanel número 5. Cierro la puerta a mi espalda.

Una vez sola en el recibidor, observo unos segundos mi imagen reflejada en el espejo. Me acerco a él, demorándome con un poco de desconfianza, como se hace con los desconocidos, para observar mi cara.

Paola quizá vaya camino de encontrarse con un nuevo amor. ¿Y yo? ¿Qué puedo hacer esta noche?

Yo no, yo sigo por mi camino de distracciones y atajos. Quizá esta noche llame a Davide, le pediré que salgamos a beber algo y luego ya veremos. Lo conocí hace un mes, en el gimnasio, y lo único que sé de él es que es diseñador gráfico publicitario y que tiene dos perros. Pero es más que suficiente, dado que nos hemos acostado ya una vez y fue más que agradable.

Lo último que quiero hoy es quedarme aquí sola rumiando.

Esta noche saldré, aunque sé que no encontraré el amor. Después de todo, creo que ni siquiera lo necesito.

Davide se ha levantado pronto para ir al trabajo y se podría decir que me ha echado de la cama.

Aún atontada, he cogido dos autobuses para volver al centro y ahora estoy desayunando en el bar que hay debajo de casa con el firme propósito de subir a dormir como es debido. Mientras bebo a toda velocidad el capuchino disfrutando del aire acondicionado, varias escenas de la noche —no estoy preparada, aún no— pasan por mi mente: las manos de Davide explorándome, frías, desabridas, su cuerpo desnudo bregando sobre el mío, yo, que jadeo y gimo como exige el guion; una ficción que ambos aceptamos de buen grado, como si fuese normal o, incluso, placentera. El vino que bebimos en abundancia y la marihuana que cultiva en su terraza fueron algunas de las cosas más agradables de la velada. Pero en el recuerdo todo aparece confuso e insípido, como un dibujo descolorido por el agua.

Aparto la mirada del fondo de la taza. Al otro lado del escaparate mis ojos se encuentran con otros, oscuros y magnéticos, imposibles de olvidar: Lucrezia. Parpadeo tratando de convencerme de que son las secuelas de la velada, pero la visión permanece en su sitio, casi parece que me esté esperando. Pago el desayuno y salgo del bar casi de puntillas. Me habré equivocado, lo espero de verdad, probablemente la haya confundido con otra persona, aunque también es posible que sea ella y que esté aquí por casualidad. No por mí.

—Elena —me llama acercándose a mí.

El hecho de que sepa cómo me llamo genera un cortocircuito instantáneo en mi cerebro. La última —y única— vez que nos vimos fue en la puerta del piso de Leonardo y estoy segura de que ni siquiera nos presentamos.

—¿Podemos hablar un segundo? —me pregunta tirando el cigarrillo al suelo. No me había dado cuenta de que estaba fumando. La miro con mayor atención. Es solo un poco más alta que yo, pero lo que hace que resulte imponente a mis ojos y que casi me produzca temor son sus hombros anchos y huesudos, que parecen dibujados bajo una camiseta ligera. Me parece más demacrada que la última vez que la vi, hace ya muchos meses: tiene las mejillas hundidas y unas ojeras oscuras y profundas. Aun así, su belleza lunar permanece intacta, incluso bajo el sol estival. Pese a que no puedo verlo, sé que conserva el tatuaje en la espalda: las dos eles casi apoyadas la una en la otra, Lucrezia y Leonardo, el signo indeleble de su unión.

—No sé de qué tenemos que hablar —mascullo sin acabar de entender qué emociones debo sentir ni cómo debo reaccionar ante su presencia.

—De Leonardo.

Apenas pronuncia ese nombre —hace meses que no lo he nombrado, exceptuando en sueños—, se hace un silencio plúmbeo. Esta mujer y yo deberíamos ser enemigas simplemente por el papel que desempeñamos —ella es la esposa y yo la amante— y no comprendo de qué forma lo que nos divide puede ser un motivo de diálogo.

—Lo sé todo sobre vosotros —me dice clavando sus ojos en los míos—. Lo comprendí enseguida, el día en que llamaste al timbre de nuestra casa. Leonardo me lo contó después todo.

En este momento, la idea de haber sido objeto de una confidencia entre marido y mujer me repugna. Pero, sobre todo, me resulta tremendamente dolorosa. Me gustaría saber qué fue lo que Leonardo le dijo de mí, cómo archivó la cuestión, pero no soy capaz de preguntárselo. Las palabras se quedan obstruidas en mi garganta. Quizá decidieron liquidarme como un simple desliz, una de esas escapadas que, una vez superadas, refuerzan ulteriormente la armonía conyugal.

—Perdoné a mi marido por lo que hizo mientras yo estaba ausente, pero ahora es distinto… —Un destello siniestro cruza por sus ojos y su voz asume un tono grave—: ¿Os seguís viendo? —No parece una pregunta, sino más bien una afirmación.

—¡¿Qué?! —La insinuación me parece tan absurda que suelto una risotada histérica—. Pero si hace meses que no veo a Leonardo…

Lucrezia me observa desde detrás de sus espesas pestañas; es evidente que no me cree.

—Puedes negarlo —dice—, como hace Leonardo. Quiere hacerme creer que todo va bien, pero salta a la vista que ya no es el de antes. Está siempre distraído, ausente. Tiene la cabeza en otro sitio…

—Aun en el caso de que sea así, esa cuestión no me concierne. Desde hace mucho tiempo. Te he dicho que ya no lo veo —la interrumpo con brusquedad. Ya no me río. La situación me está sacando de mis casillas.

—Debes olvidarlo. Quiero retomar la vida de antes con él —continúa Lucrezia impertérrita—. Y tú…, tú eres solo una obsesión de la que tiene que librarse.

Esto sí que es demasiado. No puedo seguir escuchándola. Además del dolor y la desesperación que siento por haber perdido al amor de mi vida por su culpa, ahora tiene el valor de acusarme; soy la obsesión de su marido, por supuesto… El corazón me late acelerado, pero trato de dominarme. Sé que Lucrezia es una mujer inestable, puede que se encuentre en una fase en la que haya perdido por completo el contacto con la realidad, de manera que debo ser yo, que estoy bien de la cabeza y más equilibrada, la que restablezca un mínimo de sensatez entre nosotras.

—Oye… —le digo con suma calma—. Si las cosas no funcionan entre vosotros, yo no tengo la culpa, desde luego. Habla con tu marido en lugar de hacerlo conmigo.

—Todo funciona bien entre nosotros, excepto tú.

Por sus ojos pasa un destello de orgullo y desesperación que casi me conmueve. Frente a mí se encuentra una mujer enamorada; enamorada y dispuesta a todo para recuperar a su marido.

—Pero también he venido a decirte algo más —prosigue—. Leonardo ha tenido muchas mujeres, no creas que eres diferente de las demás… Al final se cansará y volverá a mi lado, como siempre.

Es cierto, lo he descubierto a mi pesar: Leonardo ya ha vuelto a su lado. He aprendido la lección, ella es la única que parece no haberla asimilado por completo.

—Perfecto —concluyo tragando un grumo de dolor—. Por lo que veo, todos estamos de acuerdo. Haced vuestra vida, que yo haré la mía. Ya no existo, olvidaos de mí para siempre. —Inicio la marcha para cruzar la calle, pero ella me retiene.

—¡Espera! —sisea con una rabia ciega en los ojos—. Aún no he acabado contigo. —Sus dedos delgados se hunden en mi brazo. Es un depredador que quiere torturar a su presa.

—¡Déjame en paz! —grito exasperada liberando por fin toda la angustia que llevo dentro. Me suelto de ella dándole un empujón, pero calculo mal la fuerza y tropiezo en la acera. El pie se queda en vilo en el bordillo, sin encontrar apoyo. Me caigo. Apenas me da tiempo a oír el chirrido de unos frenos y un grito de terror, mío o de Lucrezia, no sabría decirlo. El coche me golpea de lleno. Lo único que siento es el estruendo que produce la chapa y una punzada desgarradora en una pierna.

6

No sé dónde estoy ni cómo he llegado aquí. Me pesan los párpados, tengo la mandíbula entumecida y la boca seca.

Abro los ojos con suma fatiga; es el peor despertar de mi vida.

Una tenue luz se filtra por la ventana. Podría ser el atardecer, pero ¿de qué día? Tengo la impresión de haber dormido durante meses… Me siento en un extraño limbo, en una especie de duermevela, a la vez que unas imágenes confusas atraviesan mi mente: un vaivén caótico de gente a mi alrededor, susurros, sombras, la voz de mi padre, mi madre llorando… y, además, superponiéndose a todo, el aroma de Leonardo que se ha escapado, no sé cómo, de la prisión de los recuerdos donde lo encerré y luego tiré la llave. Quizá he estado en coma o he tenido alucinaciones. Con todo, creo que no tomé ninguna droga… Lo último que recuerdo —ahora, por fin, puedo verlo— es la imagen de Lucrezia; luego el coche me atropelló, eso fue lo que sucedió. Y estoy en un hospital, ahora me doy cuenta. Todo es blanco y está muy limpio aquí. El fuerte olor a desinfectante despeja todas mis dudas.

Hago ademán de incorporarme, pero el mareo que siento de inmediato me desanima y vuelvo a dejarme caer sobre la almohada, derrotada.

—Elena…

Es una voz conocida, dulce y tranquilizadora.

En mi campo visual aparece la cara de Martino.

—Hola —murmuro aturdida. Debe de ser la primera palabra que pronuncio en varios días—. ¿Qué ha sucedido?

—Te atropellaron. Debajo de tu casa. —Me acaricia la frente—. Te han dado sedantes para que duermas…, pero no te inquietes, todo va bien.

—¿Cuánto tiempo llevo aquí?

—Un día y medio. Y has estado durmiendo casi todo el tiempo.

Me muevo en la cama, poco a poco vuelvo a tomar posesión de mi cuerpo. Me parece que todos los miembros responden a mi llamada, salvo la pierna derecha. Levanto un poco la cabeza de la almohada y veo que está cubierta por un llamativo vendaje.

—Tienes un tobillo dislocado, dos ligamentos rotos y unas cuantas excoriaciones aquí y allá. Nada grave —me explica Martino esbozando una sonrisa.

Trago saliva, tengo la lengua pegada al paladar.

—Agua... —imploro.

Martino me incorpora un poco y coloca las almohadas que tengo debajo de la espalda; después me sirve un vaso de agua y me ayuda a beber.

—¿Has estado aquí todo el tiempo? —le pregunto con la impresión de haber recuperado la movilidad de la lengua.

Asiente con la cabeza.

—Los médicos me avisaron. Miraron las últimas llamadas que habías hecho con el móvil. Menos mal que no llamaron a tus padres... Me llevé un buen susto, ¿sabes?

—Dios mío, lo siento...

—Chist, lo importante es que estés bien. Me encargué de avisar a todos. Tus padres han venido desde Venecia.

—¿Mis padres? ¿Dónde están?

—En tu casa. Paola los ha albergado. Nos turnamos, me pidieron que los llamase en cuanto te despertaras.

Martino se calla de improviso y pone una expresión extraña. Parece estar buscando las palabras más adecuadas para decirme algo.

—Pero... antes hay otra persona que quiere verte.

—¿Una persona?

—Sí, está aquí fuera.

—¿Quién es?

—Espera…

¿Adónde cree que puedo ir?

Lo veo acercarse a la puerta y salir al pasillo.

Poco después, el perfil de un hombre se recorta en el marco de la puerta, una silueta que sabría dibujar incluso con los ojos vendados, con la inconfundible línea de los hombros y el tórax ancho.

Leonardo.

Lo miro como si fuese un extraterrestre mientras se aproxima a mí. Temo que sea solo una visión, el peor efecto colateral de los sedantes.

Se acerca a la cama y me sonríe.

—Bienvenida de nuevo entre nosotros —me dice—. Te estaba esperando.

¿Él me estaba esperando? Es típico de Leonardo aparecer de golpe en mi vida sin pedir permiso y dar un vuelco a la visión de las cosas que he logrado construir con no poca dificultad.

Su aroma, esa mezcla indefinida a ámbar y a mar, ha impregnado la habitación superponiéndose por un momento al olor aséptico del hospital. De manera que no lo he soñado: ha estado aquí mientras yo estaba inconsciente.

—Entonces, ¿cómo estás? —pregunta como si nos hubiésemos visto anoche.

—Magullada, pero sigo aquí… En pocas palabras, sobrevivo. —Y no me refiero solo al accidente, sino también al último año de mi vida.

Me he preguntado un millón de veces cómo sería volver a verlo y ahora ni siquiera sé cómo debo sentirme, si feliz o enojada, adulada u ofendida a muerte. Lo cierto es que solo me siento horrible. Supongo que estoy demacrada, con el pelo sucio y esta especie de túnica ridícula por vestido. Una imagen poco agradable. Lo sé, es lo último que debería pensar en este momento, pero quizá debo agradecerle a mi lado más frívolo que me distraiga de otras paranoias mucho más profundas.

Movida por un reflejo condicionado, me llevo una mano al pelo; toco una masa informe y pegajosa. Mis sospechas eran fundadas, pero ya es demasiado tarde.

Leonardo se sienta en la silla que hay al lado de la cama y se inclina hacia mí acodándose sobre las rodillas y juntando las manos, como si estuviese rezando.

—Lo siento, Elena…

—¿Por qué lo sientes?

—Me refiero a lo que ha sucedido… En cierta manera, me considero responsable.

Sus ojos negros parecen tornarse más oscuros y penetrantes, y yo me veo obligada a desviar la mirada para darme un respiro. Me dejan sin aliento. Si bien mi cerebro sigue estando ofuscado, noto que vuelve a funcionar poco a poco. Una voz maligna susurra en mi mente que él solo está aquí por piedad, para lavar su conciencia.

—Tú no tienes nada que ver. Fue un accidente —respondo secamente con los ojos clavados en un punto de la pared blanca que tengo delante. La rabia y la autocompasión se mezclan como un caldo acre en mi vientre—. ¿Quién te contó lo que había pasado? ¿Lucrezia? —le pregunto después a bocajarro a la vez que encuentro el valor suficiente para mirarlo a la cara.

—No. Martino me llamó ayer por la mañana. Buscó mi número en tu teléfono. No lo tenías grabado, pero por suerte aún conservabas mis mensajes.

Me envuelve una repentina oleada de ternura; a pesar de que lo había herido, Martino ha sido capaz de dejar a un lado los celos y de llamar a Leonardo por mí, para que estuviese aquí cuando me despertase. Y ahora se ha eclipsado para dejarnos solos. Es un héroe romántico de otros tiempos que se merece, a decir poco, una dama a su nivel. Yo no, desde luego.

—Cuando ayer le dije a Lucrezia que venía aquí no tuvo el valor de hablar conmigo. Solo me lo contó luego, por la noche, cuando regresé del hospital —susurra, como si quisiera justificarse—. Se ha desequilibrado otra vez. Está convencida de que la engaño…

—Ya me he dado cuenta —lo interrumpo, puede que no tan sarcástica como me gustaría. Comprendo que esa mujer está viviendo un drama personal, pero ahora no puedo perdonarla. No puede pedirme eso.

—Hemos roto. —Leonardo me lo dice así, sin preámbulos, solo debo encontrar el ánimo adecuado para absorber la noticia. Pero no es el mejor momento. Lo miro como si estuviera alelada y él prosigue, consciente de que me debe una explicación—. Después de lo que te hizo tuvimos una violenta discusión y se ha ido de casa.

—Ah… —balbuceo, incapaz de añadir nada más.

—Después de volver juntos solo estuvimos bien una temporada. La convivencia era ya imposible, nos dimos cuenta enseguida. Ella desconfiaba de mí de manera obsesiva, no dejaba de acusarme de que seguía pensando en ti. Decía que me habías hecho algo, que me habías embrujado, porque ya no era el mismo. —Sonríe, pero con tristeza—. Yo le contestaba que estaba loca y que todo se debía a sus celos morbosos…, pero lo cierto es que ella lo había entendido todo mucho antes que yo. Era yo el que estaba loco.

Su mano busca la mía, que está apoyada en la sábana. El contacto con su piel me produce una ligera sacudida.

—Siempre has estado presente, Elena. El problema es que lo he entendido demasiado tarde.

Mi corazón empieza a latir enloquecido. «¡Dejadme salir de aquí! —grita—. ¡Esto es demasiado! ¡Quiero marcharme!».

—Ya…, demasiado tarde —digo con un nudo en la garganta, pasando revista a todas las razones que me han llevado a odiar a este hombre y a desear que desapareciese de mi vida. No puede hacer borrón y cuenta nueva de todo el daño que me ha causado.

—Elena... —prosigue él, pero en ese instante se abre la puerta y mis padres entran en la habitación. Leonardo me suelta la mano y se pone de pie echándose a un lado.

Su afecto me arrolla —es el afecto incondicional de los padres, que no exige nada a cambio— a la vez que trato de asimilar lo que acaba de suceder. Leonardo nunca me ha olvidado. ¿Cómo debería sentirme? ¿Feliz? ¿O aún más cabreada?

—¿Estás bien, mi niña? —lloriquea mi madre cogiéndome la cabeza con las manos—. Estás muy pálida.

«Estoy bien, mamá. Solo que, ya sabes..., primero me ha atropellado un coche y ahora me acaban de hacer una declaración de amor con un año de retraso».

Esbozo una sonrisa y trato de dedicarle toda mi atención pasando por alto que me haya llamado «mi niña», lo que, en otras circunstancias, me habría sacado de quicio. Mi padre permanece apartado sin dejar de mirar furtivamente al misterioso intruso. Debería presentarlos. Pero ¿cómo?

—Te presento a Leonardo, un... amigo. —A fin de cuentas, me parece una fórmula aceptable. Y él me sigue el juego mostrando la más reconfortante de las sonrisas.

¡Qué extraño me resulta ver a Elisabetta y Lorenzo Volpe estrechando la mano de Leonardo Ferrante! ¿Quién me iba a decir que asistiría a una escena como esta? Leonardo intercambia unas palabras de rigor y luego se dispone a marcharse. No obstante, antes de salir me mira por última vez y me sonríe para indicarme que piensa volver.

Poco después llegan también Paola y Martino, de manera que mi cama no tarda en ser centro de atenciones y amor; cada vez que aparece alguien nuevo me veo obligada a repetir cómo sucedió el accidente (sin mencionar la presencia de Lucrezia), explicar cómo me siento, rechazar propuestas de comida, bebidas y dádivas de todo tipo. Cuando por fin toca a su fin el horario de visitas y puedo dormir de nuevo, tengo la impresión de haber corrido un maratón agotador, pese a que no me he movido de la cama.

Al día siguiente me visita un médico alto cuya cara recuerda vagamente a la de un caballo. Para empezar comprueba mis reflejos, que la retina no haya sufrido daños; luego inspecciona las excoriaciones que tengo por todas partes —brazos, hombros e incluso en la frente— y, por último, se concentra en mi pierna. El tobillo está hinchado y cubierto de arañazos. El médico lo examina, cura las heridas y luego lo venda de nuevo.

—¿Cuándo podré andar? Pronto, ¿verdad? —le pregunto angustiada. Hace solo dos días que estoy aquí y ya no aguanto más. Más que en una cama, me siento como si estuviera en una jaula.

El médico me explica que deberé llevar un aparato ortopédico y andar con muletas durante unas tres semanas. Pero, añade, si intento moverme solo lo indispensable será mucho mejor.

Lo sabía. La reclusión será larguísima.

—Debe considerarse muy afortunada, señora. Podía haber sido mucho peor. —Como forma de animarme, resulta un tanto extraña, pero aun así lo escucho—. En cualquier caso, en un par de días podrá volver a casa.

Esta sí que es una buena noticia.

Con el tobillo embutido como un salchichón no puedo hacer casi nada, así que ahora se plantea el problema de decidir quién me cuidará. Mis padres dan por supuesto que iré a Venecia con ellos, pero yo eludo la cuestión: no me imagino pasando casi un mes sola con ellos, inmovilizada, a merced de la exaltación culinaria de mi madre y de los relatos teatrales de mi padre.

Confiaba en poder volver a casa con Paola, lejos de las obsesiones de todos, pero estos días tiene que ir a Florencia, adonde la ha enviado por motivos de trabajo el director de restauración de Villa Médicis, quien parece querer ensañarse conmigo, incluso a distancia. Y yo, desde luego, no puedo quedarme sola en ese piso, dado que ni siquiera puedo subir las escaleras.

Gaia no ha dado señales de vida. No sé nada de ella desde el día de la boda, ni siquiera si se ha enterado del accidente. Mi madre ha notado su ausencia y el hecho de que no la haya mencionado desde hace tiempo, y me ha preguntado el motivo; así que me he visto obligada a recordarle que está en el extranjero y decirle que, de todas formas, hemos hablado por teléfono. La echo muchísimo de menos, pero no cederé a la tentación de llamarla. Tampoco jugaré la carta del accidente para darle pena. Aún me queda un poco de dignidad…, quizá.

Es el último día de hospital y estoy desesperada; la idea de vivir con mi familia en Venecia me aterroriza, pero a estas alturas esa opción se está materializando peligrosamente. Casi preferiría quedarme con mis octogenarias compañeras de habitación, que se rompieron el fémur tropezando con la alfombra de la sala, amorosamente cuidada por las enfermeras y aturdida por el olor a cloroformo, por el que a estas alturas tengo ya una adicción malsana.

—Hoy te vienes conmigo.

Lo ha dicho Leonardo y creo que no he entendido nada. Después de despertarme ha venido a verme todos los días. Con todo, no hemos abordado el tema de lo que sucedió entre nosotros.

Lo miro con aire inquisitivo, puede que haya oído mal.

—Estoy a punto de irme a Estrómboli, donde nací —me explica—. Tengo que hacer una investigación para mi trabajo y, además, quiero respirar un poco el aire de mi tierra. Quiero que vengas conmigo y que pasemos un poco de tiempo juntos.

Así pues, lo había entendido bien. Trato de ganar tiempo; la propuesta me parece absurda e increíblemente atractiva a la vez.

—Bueno, no lo sé… Es que, más que hacerte compañía, sería un estorbo —objeto.

—No lo bastante pesado como para no poder ir a Sicilia —replica él, como si me estuviese sopesando con la mirada.

—No estás hablando en serio.

En cambio, sí. Se sienta en la cama y me escruta con sus ojos penetrantes, a los que no puedo resistirme.

—La belleza de Estrómboli te deslumbrará, te lo aseguro. Además, es el lugar ideal para descansar y cuando se te cure la pierna podrás decidir si marcharte o quedarte más tiempo conmigo.

—Escucha, no debes sentirte obligado a nada. No quiero tu compasión —le digo en un arranque de orgullo. No entiendo por qué me está haciendo esta oferta, de la que desconfío por instinto.

No recoge el guante —no ha cambiado, solo él tiene derecho a provocar— y me acaricia la frente en el punto en que sé que tengo una pequeña herida en vías de curación.

—Elena, es lo que deseo. Punto. Me encantaría que vinieses conmigo. Al menos piénsatelo.

Lo hago. Le doy vueltas toda la tarde y también por la noche, sin llegar a ninguna conclusión. Ir a Estrómboli con Leonardo es una idea disparatada, tan disparatada que me atrae irremediablemente. He pasado el último año intentando olvidarlo y ahora, como es lógico, mi racionalidad se venga planteándome una serie interminable de objeciones: dependería por completo de él y me sentiría incómoda. Además, ¿qué relación tendríamos? ¿Qué seríamos? ¿Un par de amigos que cuidan el uno del otro? ¿Amantes? En pocas palabras, ¿qué pretende Leonardo de mí?, ¿qué significa para nosotros este viaje?

A la mañana siguiente, cuando me dan el alta, aún no he tomado una decisión.

Mis padres vienen a recogerme y al cabo de varios minutos de escenificar el consabido guion de niña enferma con padres aprensivos —¿cómo estoy?, ¿he desayunado ya?, ¿no he olvidado nada en el armario?— me duele la cabeza.

—Ten —dice mi madre tendiéndome un envoltorio de papel del que emana un olor inconfundible a tarta de fruta—. La he hecho esta mañana. Paola ha tenido la amabilidad de dejarme usar la cocina.

—Gracias, mamá, pero ya te he dicho que he comido. En este hospital tienen la extraña costumbre de dar de comer a los enfermos.

—¿Ni siquiera un trozo?

No lo entiende.

—No, de verdad. Pero gracias por el detalle.

—¿Uno pequeño?

En este preciso momento tomo una decisión. Tres semanas de semejante regresión a la infancia, de estas dosis masivas de afecto, pueden ser letales. En el mejor de los supuestos saldría con veinte kilos más y un agotamiento nervioso. De repente, veo con toda claridad lo que debo hacer.

—Escuchad, tengo que deciros una cosa…

Los dos se vuelven hacia mí pendientes de mis labios. Respiro hondo y busco el tono más afable del que soy capaz.

—No vuelvo a Venecia con vosotros.

—¿Eh? —dicen al unísono.

—Leonardo, el amigo que os presenté, me ha invitado a pasar la convalecencia con él, en Estrómboli, y tengo intención de aceptar.

—Pero… ¿estás segura? ¿Y quién se ocupará de ti? —pregunta mi madre.

—¿Es una persona de confianza? ¿Desde cuándo lo conoces? —interviene mi padre en la misma línea.

Respondo a sus preguntas haciendo todo lo posible para tranquilizarlos. Es evidente que la propuesta no les gusta, creo que se estaban ilusionando con la idea de que estuviese un poco en casa con ellos, pero, aun así, son demasiado respetuosos para oponerse. Sobreprotectores sí, pero indiscretos no.

Así pues, los cónyuges Volpe se resignan a volver a la Laguna sin su niña. Los abrazo con fuerza y les repito que estaré bien y que no deben preocuparse por mí. Ahora que he tomado mi decisión, me siento inusualmente serena.

Cuando se marchan cojo el móvil que está en la mesilla y tecleo un número que no usaba desde hace tiempo.

—Hola, soy yo… ¿La invitación sigue en pie?

7

El alba se disuelve lentamente, cediendo paso al día, en una inmensa extensión azul. En lo alto el cielo, aún jaspeado de rojo, y abajo el mar, con una tonalidad azul cada vez más intensa.

Embarcamos en Nápoles y hemos viajado toda la noche. Ahora nos encontramos en la cubierta del barco; la tenue luz del amanecer da los buenos días a nuestros ojos, aún somnolientos. A lo lejos se ve la isla de Estrómboli, que nos sale al encuentro; es una llamada poderosa a la que creo que no voy a saber resistir.

Hace una semana del accidente y aún debo acostumbrarme al vendaje, a la pierna que arrastro como si fuera un peso muerto. Sigo sintiendo unas punzadas fortísimas, pero los médicos me han asegurado que en quince días estaré curada. Entretanto, estoy aprendiendo a usar las muletas, una empresa que se ha revelado más ardua de lo previsto, una experiencia casi peor que sacarme el permiso de conducir: corro en todo momento el riesgo de perder el equilibrio y de caerme al suelo.

Pero no estoy sola. Leonardo me acompaña, su cuerpo robusto y musculoso me sirve de apoyo cada vez que lo necesito.

Aún no sé cuál es el motivo profundo que me empujó a viajar con él; no debería haberlo escuchado, lo sé de sobra, sino haber opuesto la más valerosa resistencia a un hombre que ya me ha roto el corazón una vez. Ha sido una chifladura, un salto al vacío, decidido, tal vez, en un momento de debilidad, cuando me sentía más vulnerable. Tendría que haber defendido la distancia que había logrado interponer entre nosotros en estos meses. Sin embargo, el deseo de saber qué sucedería «si» fue irresistible. Como siempre, cada vez que Leonardo se entromete, mis decisiones me sorprenden; la vida parece que se me escapa de las manos, dominada por una fuerza ingobernable.

Puede que salgamos devastados de estos días que vamos a pasar juntos, puede que seamos capaces de construir un nuevo equilibrio, pero en este momento ya no tiene sentido preguntárselo; lo único que debo hacer es vivir esta aventura. He tomado una decisión y la conciencia de que no tengo nada que perder hace que me sienta ligera.

Leonardo está a mi lado en los asientos de cubierta y ha apoyado una mano en mi nuca para establecer un contacto, una intimidad que no ha olvidado.

Desde que salimos de Roma la distancia que nos separaba se ha ido acortando gradualmente con gestos y con palabras. Al principio fue una cuestión de necesidad, dado que, debido a que me falla una pierna, a menudo necesito un apoyo.

Pero poco a poco se ha ido convirtiendo en algo más natural y espontáneo, como si nuestros cuerpos hubiesen conservado recíprocamente la memoria.

Esta noche, durante la travesía, hemos hablado mucho. La confianza y el deseo de compartir que he experimentado me han extrañado; empiezo a pensar que entre nosotros existe algo que va más allá de una relación común y de la cotidianidad. Debo resignarme, aceptar que es así. Leonardo ha querido saberlo todo de este último periodo y yo le he contado sin ningún tipo de censura los últimos meses de locuras, de noches audaces, de amantes inútiles. Lo he hecho para mostrarle con arrogancia mi libertad —debe ser consciente de que he sabido seguir adelante sin él—, aunque, en el fondo, también con la íntima esperanza de darle celos. Sin embargo, él se ha limitado a mirarme esbozando una leve sonrisa y sin decir palabra. Es inescrutable.

He hablado consciente de que le estaba ocultando una parte importante de la historia, pero ¿cómo voy a confesarle que la última vez que tuve un orgasmo fue con él, que mis aventuras han sido, sobre todo, un pasatiempo frustrante?

De manera que al final he cambiado de tema con desenvoltura (espero) y he empezado a preguntarle por su trabajo. Leonardo me ha confesado que quiere escribir un libro de recetas inspiradas en su tierra y que este es uno de los motivos por los que vuelve a Estrómboli: para recuperar los sabores de su infancia, los secretos de la tradición isleña. En ese momento he estado a punto de preguntarle si Lucrezia está al corriente de que la compañera de viaje de su marido soy yo, pero al final he desechado la idea.

Una brisa ligera y cortante me acaricia la cara. Sentirla en el pelo, respirar el olor del mar son sensaciones plenas; estoy preparada para grabar para siempre en mi memoria las imágenes de Estrómboli, sus formas seductoras, sus deslumbrantes colores. Empiezo a divisar una hilera de casas pequeñas y blancas que, desde aquí, parecen un sinfín de cubos colocados uno al lado del otro; luego distingo el puerto y la orilla de arena negra. Pero, por encima de todo, destaca el gigantesco cono de tierra gris que amenaza el cielo escupiendo nubes de humo.

Me vuelvo hacia Leonardo con los ojos llenos de gratitud y asombro.

—¿Siempre echa humo el volcán?

—¿Iddu? —Sonríe señalándolo con la barbilla—. Aquí lo llamamos así —explica complacido—. En Estrómboli manda él, pero es un gigante bueno.

—A decir verdad, da un poco de miedo. —Transmite una energía poderosa e indómita que hace que uno se sienta infinitamente indefenso y desarmado.

Leonardo me tranquiliza acariciándome la cabeza.

—Mira —dice apuntando con el índice al cielo—, ahora parece que nos está dando la bienvenida. El humo es su manera de saludarnos. Lo hace, más o menos, cada hora; es como un golpe de tos para recordarnos que él está ahí; tranquilo, pero vivo.

—Si tú lo dices… —Enarco las cejas, aún escéptica. No me ha convencido.

—Fíate, aprenderás a conocerlo y acabarás amándolo.

Es un día de principios de mayo con aroma a verano y a vacaciones. La isla me llama tendiendo sus brazos de tierra. Pero ¿estoy realmente preparada para aceptar su acogida? ¿Qué espero encontrar aquí? En estos meses he cambiado, ahora soy una Elena autárquica, insensible a los vínculos, en lucha contra el mundo y dispuesta a todo para no sentir el vacío que tengo dentro. Pero debo deponer las armas si quiero disfrutar de los días que voy a pasar aquí, aceptar que puedo depender de una persona y que esa persona sea Leonardo.

Cuando desembarcamos todas esas reflexiones parecen disolverse en una profunda quietud. Mi corazón late con más lentitud y mi mente se aligera. Se respira un aire distinto, un aire sutil que huele a flores y a incienso.

Tengo la impresión de estar sumergida en un espacio intemporal en el que mi ansiedad y mis miedos no pueden encontrar un terreno fértil donde germinar.

—La casa no queda lejos —dice Leonardo arrastrando mi maleta de ruedas con una mano y llevando con la otra su bolsa descolorida—, pero no podemos ir a pie.

—¿Me estás diciendo que debo subir a uno de esos cacharros? —Delante de nosotros hay alineados varios motocarros de diferentes colores.

—Aquí no hay coches. —Abre los brazos y hace una mueca divertida estirando las pequeñas arrugas que se le forman en las comisuras de los ojos. Esos ojos que, incluso cuando se ríen, conservan un brillo sumamente misterioso.

—Empezamos bien... —comento con acritud al mismo tiempo que pienso en cómo voy a subirme al motocarro sin hacerme daño.

—Pues eres afortunada, porque hasta hace poco aquí se viajaba solo a lomos de burro —observa él cargando el equipaje en la baca. Los músculos de sus brazos se intuyen perfectamente bajo la camiseta. A continuación tiende un billete al conductor, un hombrecito delgado con la piel atezada que le da las gracias esbozando una sonrisa desdentada. Se llama Giuseppe y creo que se conocen, porque los oigo intercambiar unas palabras en un dialecto sículo que me parece árabe.

Una vez colocadas las maletas, Leonardo se ocupa de mí. Me coge en brazos y me carga como si fuera un paquete —un paquete sumamente delicado— en el compartimento posterior del motocarro, que tiene dos asientos blandos de gomaespuma.

—¿A Piscità? —pregunta Giuseppe antes de arrancar. Bueno, al menos he entendido el nombre de la localidad.

—Pues sí. La casa sigue allí —replica Leonardo. Noto que su acento se ha modificado un poco, adecuándose a la cadencia local.

Giuseppe hunde el pie en el acelerador y atraviesa como una flecha el laberinto de callejones, con preocupante desenvoltura. Viajar en un motocarro es como subirse a un tagadá; desde luego, no es lo mejor para mi pierna herida.

El pueblo está casi desierto. Estamos en temporada baja y la invasión de turistas aún no ha empezado. Por todas partes reina un silencio inusual y el aroma del aire me persigue sin darme tregua. Además, las flores de hibisco y las buganvillas, los cactus, las adelfas, los limoneros, la arena negra, las casas blancas y el viento dulce que penetra directamente en el corazón… El caos de Roma y el vocerío de Venecia son recuerdos difusos.

Mientras nos acercamos a la casa de Leonardo, por un instante tengo la impresión de revivir una escena, pero con colores muy intensos, de *Stromboli, terra de Dio*, la obra maestra de Rossellini, protagonizada por Ingrid Bergman. En cierta forma, en este momento me siento como ella, Karin, una prófuga extranjera en compañía de un hombre que ha nacido en la isla. Su Antonio, un marido celoso y oprimente; el mío, Leonardo... Por un momento la analogía sufre un cortocircuito: ¿quién es ahora Leonardo para mí?

«La respuesta no corre prisa, Elena», me digo al mismo tiempo que pienso que, a pesar de que ha transcurrido ya más de medio siglo desde que rodaron la película, nada parece haber cambiado.

Nos despedimos de nuestro conductor en la esquina de la calle. Luego Leonardo me guía hasta la casa. Es un edificio antiguo, da la impresión de que lleva aquí una eternidad. Al igual que el resto de casas de la isla, es completamente blanca y tiene los postigos pintados de azul claro.

Leonardo se detiene delante de la tapia y la observa, casi con veneración.

—Aquí fue donde nací y crecí. No ha cambiado nada desde que me marché.

—¿Cuánto tiempo hace que no volvías?

—Varios años, aunque, en realidad, es como si una parte de mí hubiese permanecido siempre aquí, anclada en este lugar. —Pasa una mano por la tapia, como si pretendiese retomar el contacto con un animal dormido.

A continuación abre la puerta y atravesamos el jardín, donde, entre varios limoneros, hay un viejo granado. Me paro a observarlo, mientras que Leonardo lleva nuestro equipaje a la escalera de entrada, que conduce al piso de arriba.

—Nos instalaremos en el primer piso, así podrás ver el mar desde la terraza —me dice.

Miro la empinada escalera de piedra con desesperación.

—¡Perfecto! —exclamo con una sonrisita sarcástica—. Mi pierna y yo te lo agradecemos.

Sin dedicarme siquiera una mirada o una palabra, Leonardo me arranca las muletas de las manos, las apoya en la tapia y me coge en brazos. En ellos, que me estrechan con fuerza, me siento tan ligera como una niña, pese a que casi me he acostumbrado ya a que me transporten de esta forma. Me aferro a su cuello y disfruto del viaje mientras, peldaño a peldaño, se va abriendo a mis ojos un paisaje imponente.

Cuando llegamos arriba Leonardo da una ligera patada a la puerta, que está entornada. Veo que en la jamba está pintado una especie de corazón de color azul claro coronado por una cruz. ¿Será una hoja estilizada?

—¡Qué bonito! ¿Por qué un corazón? —Ese extraño símbolo me intriga, tiene algo de primitivo y de sagrado.

Leonardo sonríe.

—No es un corazón. Es una alcaparra, el símbolo de la isla —me explica mientras entramos—. Esta noche las probarás las auténticas alcaparras de Estrómboli; te va a parecer que nunca has comido una hasta ahora.

Nos encontramos en una cocina espaciosa y con aroma a especias, sin lugar a dudas, el corazón de la casa. Hay una mesa en el centro y unos cuantos muebles antiguos, oscuros y macizos, apoyados en las paredes blancas. En un rincón, una gran chimenea ennegrecida por el uso. Noto en la piel una agradable sensación de frescor: estos muros gruesos de piedra aíslan y protegen del mundo exterior.

Leonardo me sienta en una silla de madera y paja.

—Voy a coger el resto de cosas.

—Te espero aquí. —A fin de cuentas, sin muletas no puedo dar un paso.

Miro alrededor con ojos curiosos. Además de la chimenea hay un viejo horno de leña; supongo que aún funciona. Delante de mí, en el exterior, una terraza porticada con unos bancos de ladrillo pintados de azul.

Al cabo de unos instantes Leonardo aparece de nuevo con las maletas. Lo acompaña una mujer anciana, menuda y un poco chepada, con el pelo cano recogido en un moño.

—Esta es Nina —dice a modo de presentación avanzando unos pasos por delante de ella—. Se ha ocupado de que todo estuviera listo para nuestra llegada.

La mujer se acerca a mí. Tiene una cara particular, los ojos pequeños de un color azul intenso, la boca fina, la frente surcada de arrugas. Dos aros de oro amarillo cuelgan de sus lóbulos alargándole llamativamente las orejas.

—Encantada. —Me estrecha la mano entre las suyas, duras y rugosas.

—Encantada. Elena. —Intento levantarme de la silla, pero no logro calibrar el impulso y me tambaleo un poco.

—No te molestes —dice ella con una voz sumamente dulce.

—Nina fue mi nodriza —explica Leonardo—. Ella me crio cuando era niño.

—¡Cuánto me hizo pasar este *picciriddu!* —La mujer lo mira con los ojos preñados de amor maternal—. ¡Era como el viento, no había forma de tenerlo quieto!

Sonrío. En cierta medida sigue siendo así.

—¿Siempre ha vivido en Estrómboli? —le pregunto.

—Sí —contesta serenamente, como si vivir en esta isla perdida fuese lo más natural del mundo.

—¿Y no tiene miedo del volcán? —prosigo.

—Iddu es como un dios, hace lo que quiere…, pero la gente de aquí no le tiene miedo.

—En ese caso, debo aprender de los isleños.

—Basta con que no pienses en él —me tranquiliza sintetizando en una sola frase toda la sabiduría y el fatalismo de los autóctonos. Acto seguido se dirige a Leonardo—: Voy a hacer unas cuantas cosas. Si me necesitas, ya sabes dónde estoy.

—Gracias, Nina —se despide él dándole un afectuoso beso en la mejilla.

Después de haber comido y de que yo haya descansado unas horas, salimos a la enorme terraza para disfrutar de la luz del cielo, poco antes del atardecer. Una hilera de columnas blancas sostiene una pérgola cubierta por unas maravillosas buganvillas rosas. Nos sentamos en uno de los bancos y contemplamos el mar dejando que la brisa nos acaricie la piel.

—Nina vive sola a unas cuantas casas de aquí —dice Leonardo alzando la barbilla en dirección al pueblo.

—Es muy dulce —digo—. ¿De verdad te crio ella?

—Sí. —Sonríe, como cosquilleado por los recuerdos—. Mi padre era cordelero y vendía sus redes a los pescadores. Mi madre trabajaba como modista. Me dejaban todo el día con Nina y ella me llevaba de paseo por la isla a coger alcaparras, o me pasaba horas enteras mirándola cocinar. Todos los hombres de su familia eran pescadores, como la mayor parte de los isleños, y en su casa siempre había pescado fresco.

—Y así nació tu pasión por la cocina, ¿verdad?

—Creo que sí. Mirar a Nina era como asistir a un espectáculo. La consideraba una especie de maga y deseaba con todas mis fuerzas ser su pequeño aprendiz para conocer sus trucos secretos. —Me señala el granado del jardín que está bajo nosotros—. ¿Ves ese árbol? Cuando daba fruta mi madre la recogía y se la llevaba. Nina hacía un licor buenísimo, el mejor que he probado en mi vida. Mis padres no querían que lo bebiese, porque aún era un niño, pero ella me lo daba a escondidas de cuando en cuando.

La historia me subyuga. Leonardo jamás me ha hablado de sí mismo con tanta naturalidad y me gustaría que no se detuviese nunca. Es como si se hubiese desbloqueado de repente.

—¿Y dónde están tus padres? —me aventuro a preguntar.

—Murieron los dos —contesta, ensombreciéndose por unos segundos—. Hace siete años, a poca distancia el uno del otro.

Entre nosotros se instala un breve silencio, luego Leonardo me señala a lo lejos un escollo de color ámbar que se erige solitario e imponente a escasa distancia de la orilla.

—¿Ves ese escollo? Lo llaman Strombolicchio.

Lo absurdo del nombre me hace sonreír.

—Era un volcán —explica Leonardo—. Según la leyenda es el tapón del Estrómboli, que fue lanzado al mar hace miles de años durante una violenta erupción.

—¿Y no se puede volver a poner encima del volcán?

Leonardo sonríe cabeceando.

—¿Eso que hay en la cima es un faro? —pregunto después guiñando los ojos.

—Sí. Hasta los años cincuenta había un farero. Ahora funciona con energía solar.

—¿Y se puede subir?

—Te gustaría, ¿verdad? —me provoca con aire de complicidad.

—¡Ya lo creo! —asiento.

—Hay una pequeña escalera de piedra, con más de doscientos peldaños, que lleva hasta arriba desde el mar

—me explica; a continuación acerca su cara a la mía y siento que se me encoge el estómago—. Si te apetece…

—Esperaba que me llevases en brazos —lo provoco sonriendo.

Sus ojos se clavan en los míos por un instante.

—Ni pensarlo.

Después, sin previo aviso, me rodea con sus brazos poderosos y me estrecha contra su pecho a la vez que sus manos se hunden en mi pelo y siento su aliento cálido.

No habíamos estado tan cerca, aún no. Pero en un instante me doy cuenta de que no ha cambiado nada, que en ningún otro sitio estoy tan bien como aquí. Relajo los músculos y lo huelo. Adoro su aroma.

Leonardo me acaricia la nuca rozándola con los dedos.

—Tengo ganas de besarte desde que te vi en el hospital —me susurra al oído—. Y ahora voy a hacerlo, te lo advierto. —Me coge la cabeza entre las manos—. Si tienes algo en contra puedes decirlo. —Se aproxima a mi boca—. Pero no creo que eso me detenga. —Sus labios tocan imperceptiblemente los míos, casi por casualidad. Aunque quisiese oponerme, no podría hacerlo. El deseo me ha paralizado. Leonardo sujeta mi barbilla con las manos como si fuese un fruto que saborear, empieza a morderme con delicadeza los labios, luego entreabre los suyos para que pueda saborear un poco su lengua. Se entrega y recula, en una danza que me agota. Al final irrumpe en mi boca inundándola con su sabor cálido y húmedo. Lo acojo y lo secundo: con la lengua, con los labios, con los dientes.

Deseaba este beso con todas mis fuerzas. Solo que me negaba a admitirlo.

Me aparta ligeramente para buscar mis ojos y me pasa el pulgar por los labios.

—No sabes cuánto te he echado de menos, Elena.

Me besa en la nariz, en el cuello, en los hombros. Vuelvo a tener su barba en mis mejillas, su pendiente en mi cuello, su aroma en mi nariz y su tupida cabellera en mi piel: unas sensaciones nuevas y familiares, un contacto que me despierta.

—Ven, entremos. —Me tiende una mano, y no puedo rechazarla.

El sol roza en este instante la superficie del agua encendiendo el cielo con todas las tonalidades del rojo y del rosa. Está detrás de nosotros el último rayo de sol y, mientras se ahoga en el mar, nos dirigimos a pequeños pasos, abrazados, a pasar nuestra primera noche juntos.

Lo espero sentada en la consabida silla, mientras se da una ducha. Hasta que no me quiten la venda no puedo ducharme, de manera que me veré obligada a lavarme por partes haciendo unas cuantas acrobacias. Pero no veo la hora de quitarme de encima esta ropa sudada y de meterme en la cama con Leonardo. Entretanto, la espera hace que todo resulte más dulce y excitante.

Ya no oigo correr el agua. Debe de estar saliendo de la ducha, se pasará la toalla por el cuerpo, restregándose la barba y el pelo, y luego se la enrollará a la cintura. Se mirará al espejo, sonriendo, sin lugar a dudas, y se echará una gota de su perfume habitual, con aroma a ámbar. Se pondrá las chanclas de cuero y, con el pecho desnudo, saldrá al pasillo silbando.

Aún no acabo de creérmelo, pero está sucediendo. Sus pasos retumban en el suelo.

Leonardo aparece en el umbral. Una estatua griega de carne y hueso. Se acerca a mí y, sin decir palabra, me coge en brazos.

—¿Adónde me llevas? —le pregunto.

—Al cuarto de baño, es tu turno —responde con toda naturalidad.

—¡Puedo hacerlo sola! —protesto.

—Lo sé, pero si te echo una mano será más divertido.

Me deja al lado de la bañera, abre el grifo y espera a que se llene. Mientras tanto me quita el vestido de algodón sacándomelo por la cabeza. Me quedo en bragas y sujetador. Siento un poco de vergüenza; mi cuerpo me parece extraño, desproporcionado, mis piernas son diferentes y me siento torpe cuando me muevo.

—Estás guapísima, Elena —me susurra acariciándome con la mirada.

Me besa en la boca y, deslizando las manos por mi espalda, me desabrocha el sujetador; después me coge las nalgas y me quita las bragas poco a poco. Comprueba con un dedo la temperatura del agua y me mete en la bañera llena dejando fuera la pierna vendada. La tensión se diluye apenas me sumerge en el agua.

Leonardo cierra el grifo y con una esponja natural empapada de aceite aromático empieza a masajearme con delicadeza el cuello, el pecho y la espalda. Cierro los ojos y solo siento sus manos en mi cuerpo, sus manos que me cuidan. Me relajo. Ya no siento dolor, el tormento ha desaparecido y mi cuerpo maltrecho vuelve a su ser.

El agua aromatizada resbala suavemente por mi piel. Movida por sus manos expertas, la esponja se detiene en mi pecho, dibuja unas espirales alrededor de los pezones, después se desliza por mi barriga, por mis piernas y, por fin, sube hacia mi sexo. Leonardo frota entre mis piernas: es una caricia suave y delicada que, sin embargo, tiene el poder de desencadenar un incendio. Abro desmesuradamente los ojos y me encuentro con los suyos, reconozco el deseo en su semblante, las pupilas dilatadas, la mirada rapaz y la sonrisa sensual. Me mete la esponja en una mano y la guía hacia el pecho invitándome a darme un masaje, acto seguido vuelve a introducir los dedos entre mis piernas, a acariciarme y a rebuscar, hasta que una ola líquida rompe en mi vientre y sus dedos ávidos me penetran trazando círculos y elipsis. Solo él sabe hacerme gozar.

Me aferro al borde de la bañera, deleitándome con el placer que me invade, y nos miramos con creciente excitación.

Leonardo se muerde los labios, sus ojos transmiten puro deseo; luego se inclina hacia mí, me besa y me ayuda a salir.

Me envuelve en una toalla, me lleva en brazos a la habitación y me deja en la cama. Le agarro la cintura con las dos manos y, tras abrirle la toalla, empiezo a besarlo cerca de las ingles, donde la piel está más tensa y dura. Después, con un gesto resuelto, le quito la toalla dejando a la vista su erección. Empiezo a besarlo y a lamerlo en la punta con la misma naturalidad con la que, hace un rato, él me besó en la terraza. Los músculos de sus nalgas y de sus piernas se contraen. Es un haz de nervios. Cierro los labios y lo mantengo en la boca, saboreando el gusto a flores salvajes y, creo, a mar. Mi boca se pega a su piel, se mueve hacia delante y hacia atrás, la lengua acaricia el glande y luego lame el pene en toda su longitud.

Leonardo emite un profundo gemido, arquea la espalda y se hunde por completo en mi cuerpo. De improviso, sin embargo, aleja su sexo.

Me ayuda a tumbarme y, al hacerlo, veo el colgante de conchas que hay en el techo y que resuena en la habitación cada vez que sopla el viento. Su barba me hace cosquillas en la piel y, por un instante, me distrae de mis pensamientos. Dudo de si podré abandonarme, sentirme entre sus brazos como en el pasado. La sensación es tremenda, pero ahora no queda espacio para las vacilaciones, ahora solo existe su boca que chupa con fuerza mis pezones como si pudiese beber de ellos un néctar delicioso. Acto seguido busca el lunar en forma de corazón que tengo bajo el pecho izquierdo.

—Sigue aquí —dice dándole un beso suave. Sigue besándome, trazando una línea que atraviesa mi vientre hasta llegar a las ingles. Me abro para dejar espacio a sus labios y a su lengua, que, de inmediato, me inflaman la sangre, aceleran los latidos de mi corazón, me empapan de deseo. Leonardo gime, su cuerpo transmite una especie de sutil vibración que me hace resonar de placer.

Vuelve a besarme en la boca —sabe a mí, a mi placer— y se insinúa entre mis piernas anudándolas a sus caderas. Siento que su sexo roza el mío.

—Ahora, Elena, voy a hacer el amor contigo —me susurra—. Porque no puedo evitarlo —añade a la vez que me penetra lentamente—. Te quiero. Lo demás no cuenta.

Es una sensación sublime que casi había olvidado. Nuestros cuerpos encajan a la perfección. Entra y sale, primero despacio, luego cada vez más rápido. El silencio de la habitación solo queda roto por nuestras respiraciones ardientes, que se superponen a todo: el ruido del viento, la voz del mar, el borboteo del volcán, el tintineo del colgante.

Lo único que deseaba era tener a Leonardo dentro de mí y, sin embargo, me doy cuenta de que no va a ser tan fácil volver a gozar. Mi respiración se acelera, mi cuerpo se estremece, pero no logro sentir de nuevo el profundo placer que perdí hace tiempo.

—Relájate; hazlo por mí, Elena. No pienses en nada…

Lo intento, pero es inútil. Estoy bloqueada, inhibida, atrapada en un cuerpo y en un alma que no puedo hacer vibrar como me gustaría. Aún queda un residuo de dolor que nunca ha abandonado mi corazón y que me mutila más que la pierna enferma, que ahoga mis sentidos y me impide correrme.

Todos los amantes, todas las aventuras de una noche no han servido para nada, salvo para enseñarme a fingir. Y es eso precisamente lo que me resigno a hacer, ya derrotada. Finjo por él, por su placer, para regalarle lo que yo ya no puedo experimentar.

Siento que su orgasmo sube. Está a punto de correrse. Sus manos aprietan con fuerza mis brazos y sus movimientos se aceleran. Da un último y poderoso empujón, luego sale de golpe y se corre sobre mi pecho lanzando un grito ronco. A continuación se deja caer a mi lado.

Respiro hondo, como si quisiera deshacer el nudo que me aprieta la garganta. No tengo fuerzas para hablar y mi cabeza es un hervidero. Puede que lo haya conseguido, puede que no se haya dado cuenta, puede que sea lo suficientemente buena para haberle hecho creer que estaba con él.

Leonardo se vuelve hacia mí y me mira inquisitivo.

—No te has corrido —sentencia, como si me estuviese diciendo de qué color tengo los ojos.

—Claro que sí, ¿qué estás diciendo?

—Elena, conozco tus orgasmos —afirma deslizando un dedo por mi mejilla—. Y ese no ha sido uno de verdad. —En sus palabras no hay reproche, pero bastan para que me sonroje.

Leonardo no es como los demás. Debería saberlo. Con él no se puede fingir.

—Puede que solo esté cansada —digo tratando de defenderme—. Será por culpa del viaje o de la venda, que me hace sentirme impedida… —Me gustaría tener más excusas para esconder una verdad que resulta demasiado difícil de admitir.

Pero él me obliga a callar.

—Chist. Ven aquí —Me atrae hacia él y tras obligarme a dar la vuelta, apoya su pecho en mi espalda—. Todo va bien. No debes decir nada.

Me abandono en su abrazo con gratitud y cierro los ojos. Siento que su respiración me acaricia la nuca y que el calor de su cuerpo se funde con el mío. Permanezco en silencio, dejándome acunar por la melodía de las conchas, que se rozan sobre nuestras cabezas, esperando a que el sueño me venza.

Todo no va bien. A decir verdad, casi nada va bien. Salvo este abrazo.

8

Stómboli es naturaleza y colores primarios. Si tuviese mis instrumentos de trabajo, me encantaría recrear el negro intenso de la tierra, la luminosa tonalidad azul del mar, el blanco absoluto de las casas. Esta isla ha obrado ya su primer milagro: me ha devuelto las ganas de pintar, un deseo irresistible de jugar con los ojos y con las manos, de ensuciarme la ropa y la piel con las pinturas al temple, de oler a pintura fresca. Creía que lo había perdido para siempre, pero ahora ha revivido en mí, más fuerte que antes.

Hace una semana que estamos aquí. Día a día voy conociendo la isla: los gruñidos de la tierra, el aroma de las flores, el silencio total, la ausencia de luz eléctrica en las calles… Caminar por la noche envueltos en la oscuridad, apenas iluminados por la claridad de la luna y por los resplandores del volcán, es una experiencia única. Estrómboli es otro mundo, un mundo que me atrae y que me sorprende sin cesar, igual que Leonardo.

En este momento lo estoy esperando en la terraza.

El sol está alto en el cielo y la superficie del mar es un entramado espectacular de esquirlas doradas. Hace mucho calor, pero es un calor agradable, no el bochorno que, imagino, sufren aquí en el mes de agosto, y una ligera brisa me cosquillea la piel.

Leonardo salió esta mañana al amanecer.

—Voy al puerto, a ver a los pescadores —me susurró al oído mientras aún estaba medio dormida.

No recuerdo si me besó o no, pero, aun en el caso de que lo haya hecho, no debe de haber pasado de la mejilla. Ahora es oficial: Leonardo me está esquivando desde nuestra primera y única noche de amor. Al día siguiente, con cierto embarazo, le confesé que mi dificultad para tener un orgasmo no es ocasional, que hace tiempo que la sufro. Desde que nos dejamos, si he de ser franca. Él no me pareció muy preocupado. Se limitó a tranquilizarme y a darme un beso en la frente.

—Todo se arreglará, no le des demasiadas vueltas. —Luego cambió de tema.

Desde entonces, sin embargo, no hemos vuelto a hacer el amor y tengo la clara impresión de que le resulto poco menos que indiferente; solo me toca de manera fraternal y parece del todo inmune a mis intentos de seducirlo. ¿Será posible que, de repente, haya dejado de gustarle? ¿Que mi imposibilidad de gozar haya anulado su deseo?

No he tenido valor para preguntárselo, antes necesito observarlo un poco para comprender si, de verdad, ya no le atraigo o si es tan solo uno de sus despiadados juegos en el que, como siempre, yo soy un simple peón. Además, esta inusual indiferencia entre nosotros se ha transformado en una especie de desafío silencioso que he acabado aceptando, pese a que no termino de comprender del todo su sentido.

Por desgracia, la única certeza que tengo es que yo no me he cansado de él. A medida que pasan los días lo deseo cada vez más y él parece hacer todo lo posible para provocarme: deambula por la casa con el pecho desnudo, como si fuera una especie de Neptuno con bermudas y chanclas, con la piel dorada por el sol, la barba y el pelo descuidados y con aroma a mar, y esos ojos que parecen abismos. La isla ha hecho emerger con prepotencia toda su sensualidad, de forma que debo reprimir continuamente el instinto irrefrenable de abrazarlo, de tocarlo y de hacerlo mío.

Si no se tratase de él, lo habría hecho ya: he aprendido a ser muy directa con los hombres, a tomar la iniciativa sin pensármelo dos veces, me da igual quién es el que se acerca en primer lugar. Pero con él no puede ser tan sencillo; entre nosotros existe un lenguaje de comunicación mucho más complejo, compuesto de mensajes que deben ser descifrados, por no hablar de las estrategias que hay que inventar.

Lo más paradójico es que, a pesar de que se ha negado al contacto físico, en estos días se ha mostrado más afectuoso de lo habitual. Me ha cocinado unos platos deliciosos con los ingredientes que brinda esta tierra y me ha dedicado unas atenciones dignas de un huésped de honor. Ayer, sin ir más lejos, regresó de uno de sus cotidianos paseos de exploración gastronómica con un regalo para mí. No me lo esperaba, Leonardo no es el tipo de hombre que vuelve a casa con un regalo. Al abrir la bolsita de raso blanco encontré una espléndida tobillera de plata.

—Es obra de Alfio, un artesano de aquí. Lo conozco desde que éramos niños —me explicó con una sonrisa de satisfacción a la vez que me la ponía en el tobillo izquierdo. Después me acarició el gemelo y se inclinó para besarme el empeine. Me derrumbé: un sinfín de estremecimientos ardientes subió por mis piernas encendiéndome con un deseo húmedo que no fui capaz de dominar. Pensaba que Leonardo iba a seguir, que el beso era el preludio de algo más, pero no fue así, se separó de mí dejándome insatisfecha y un poco confusa. ¿Por qué se divierte torturándome así?

No sé cuánto resistiré, pienso mientras recojo la toalla de la playa del tendedero. Después me dirijo a la cocina y me preparo un zumo de naranja y limón. Los cítricos recién cogidos del árbol tienen un sabor delicioso, hasta el punto de que incluso yo, que siempre los he detestado, ahora no puedo pasar sin ellos.

Unos minutos más tarde llega Leonardo con una red de la que asoma una masa informe de algas y púas.

—Erizos de mar recién pescados —dice ufano al mismo tiempo que deja el botín en el fregadero.

Me aproximo y observo el contenido con curiosidad.

—Están fresquísimos —prosigue orgulloso revolviéndolos en el agua—. Me los ha dado Gaetano.

—¿El tipo del otro día? —pregunto recordando el encuentro con un hombre de pelo entrecano y largo hasta los hombros, una barba gris y rizada, y unas manos grandes con las que trenzaba las redes de pescar.

—Justo —asiente Leonardo esbozando una sonrisa—. Gaetano es el hijo de Nina, se dedica a la pesca desde que tenía diez años.

—A primera vista no parecen muy apetitosos —digo observándolos con cierta desconfianza. Tienen el tamaño de una pelota de tenis y están cubiertos por una infinidad de púas amenazadoras.

Me mira asombrado.

—¿Nunca los has probado? ¡No me lo puedo creer! Niego con la cabeza.

—Pues no, pero una vez un erizo me probó a mí. Fue en Liguria, tenía casi catorce años. Me hizo un daño espantoso.

Leonardo sonríe.

—Esta noche tendrás una experiencia mucho más agradable con ellos. —Su anuncio suena a propuesta indecente. O puede que sea yo la que prefiere interpretarlo así.

—Lo estoy deseando —es lo único que logro responder mientras siento que su mano resbala por mi espalda, por el vestidito playero de seda y se detiene justo encima del trasero. Me hierve la sangre. Dios mío, quiero besarlo, ahora. Y hacer también todo lo demás.

Pero Leonardo se aparta enseguida y empieza a pelar una naranja.

—Te queda estupenda la tobillera —comenta con desenvoltura—. Pero debes llevarla a la derecha.

—¿Me tomas el pelo? —Mi tobillo derecho sigue empaquetado en el maldito aparato ortopédico.

—Me refiero a cuando estés curada del todo.

—¿Y por qué en el tobillo derecho?

—Llevar la pulsera a la derecha es signo de fidelidad a la persona querida —sentencia con voz maliciosa.

¿Adónde quiere ir a parar? Arqueo una ceja.

—¿Estás tratando de decirme algo?

—Creía que estaba claro que a partir de ahora eres solo mía —contesta con la mayor naturalidad del mundo metiéndose un gajo de naranja en la boca. Es así, no debería sorprenderme más: te dice las cosas más importantes, las que lo cambian todo, como si fueran menudencias. Siempre da el paso decisivo sin avisar y me deja inevitablemente aturdida, pese a que trato de mostrarme indiferente.

—Así que tú eres solo mío —suelto cruzando los brazos y tratando de mostrar la misma desenvoltura.

Leonardo esboza una sonrisa frunciendo sus labios carnosos sin dejar de masticar la naranja. Dios mío, esto es demasiado: siento un repentino deseo de morderle. No sé si lo podré resistir. Hago ademán de acercarme, pero él se aparta de nuevo y se vuelve hacia el fregadero. Como una idiota, me quedo mirándole los hombros y preguntándome qué demonios debo hacer.

Ya basta, ha llegado el momento de reaccionar. Maniobra de seducción: me apoyo de espaldas a la mesa agarrando el borde con las manos.

—¿Me puedes abrochar la tobillera? Sola no alcanzo… —digo en el tono más sexy que puedo. Leonardo se vuelve hacia mí y se acerca. Levanto el pie, acariciándole un muslo, y él lo coge entre sus manos. Luego, con un gesto rápido y preciso, aprieta el cierre.

—Ya está —dice con voz suave y firme. ¿Se está burlando de mí o me equivoco? Su respiración me acaricia el tobillo. Vamos, ¿por qué no me besas? Quiero sentir de nuevo tu lengua en mi cuerpo…

Leonardo me dirige una mirada cargada de promesas, pero después suelta mi pie y lo acompaña dulcemente hasta el suelo.

—Vamos a dar un paseo por la playa —propone acariciándose la barbilla.

Dios mío, ese gesto me produce un efecto irresistible. ¿Por qué, en lugar del paseo, no vamos a nuestra habitación y hacemos el amor? Pero ninguna de estas palabras saldrá de mi boca.

—De acuerdo —digo en cambio, esbozando una sonrisa forzada. Cojo el bolso y me lo hecho al hombro con cierta irritación—. Vamos.

Playa Larga es maravillosa, quizá la más bonita de la isla: una alfombra de guijarros negros resplandecientes frente a un límpido mar azul. Esta mañana no hay casi nadie, exceptuando un grupo de jóvenes y, al fondo, un poco apartada, una pareja de nudistas.

Ahora, con mucha fatiga, puedo caminar sin muletas. Voy muy lenta, por descontado, y tengo que pararme cada cien metros, pero siento que estoy haciendo muchos progresos. Será gracias al clima, a la energía que se respira en este lugar, a Leonardo; el caso es que a medida que pasan los días mi estado mejora.

La arena negra emana un calor increíble y, en contacto con estas piedrecitas calentadas por el sol, casi no siento dolor en la pierna. Leonardo entra en el mar, nada un poco y luego se tumba a mi lado, tan enigmático y apuesto como un dios griego. La piel mojada, el pelo desgreñado, la mano que resbala distraída por las piedras oscuras. Cada detalle me estremece.

—¿Cómo va la investigación para el libro? —le pregunto de buenas a primeras para aliviar la tensión sexual que me altera desde hace varios días.

—¡Bien! —Sonríe complacido—. Esta mañana he visto a algunas personas en el puerto y, charlando, he conseguido una nueva receta: pasta al fuego, una variante que no conocía.

—El nombre promete. —Hago una pausa y me lo imagino preparando el plato—. ¿Sabes?, se me ha ocurrido una cosa…

—¿Qué? —Se incorpora levemente intrigado.

—Me gustaría ilustrar tus recetas —declaro convencida—. Quizá con unas acuarelas. En cualquier caso, algo distinto a las fotos de los libros de cocina.

—¡Es una idea maravillosa, Elena! —Sus ojos relucen.

—Lástima que no pueda empezar enseguida. No me he traído nada para pintar. —Hago una mueca triste—. ¿Sabes si aquí hay alguna tienda donde vendan pinturas?

—No creo. —Abre los brazos—. Me temo que para encontrar algo así haya que ir a Messina —prosigue como si estuviera rumiando algo.

—Da igual. Mientras tanto puedo dibujar unos bocetos a lápiz, el resto lo haré en Roma.

—Si volvemos a Roma…

—¿Eh?

—Más de una persona no ha podido abandonar este lugar.

—Claro que sí, Ingrid Bergman —replico burlándome de él—. Pero era en una película que, entre otras cosas, se rodó en 1949.

—¿No te gustaría vivir siempre así?

—Claro, no me importaría nada —digo exhalando un suspiro y mirando hacia delante. Aquí no añoro nada, salvo volver a sentir que él me desea.

Por la noche, cuando volvemos a casa después de haber pasado una tarde espléndida en la playa, Leonardo se apodera de la cocina, su reino, y desahoga su creatividad, que lleva bullendo en su interior desde esta mañana.

—Entonces, ¿cómo se comen esos erizos? —pregunto inclinándome sobre el fregadero para observarlos mejor.

—Quiero hacer los espaguetis como me enseñó Nina —dice Leonardo mientras se ata un pañuelo de lino negro alrededor de la cabeza—. La pasta con erizos siempre ha sido su especialidad. Hoy, después de mucho suplicarle, he conseguido por fin que me revelase el secreto de su receta. ¿Te das cuenta? Llevo diez años preguntándoselo y siempre se ha hecho la misteriosa. Solo ha accedido a contármelo cuando le he dicho que quería cocinarla para ti. —Se ríe de buena gana—. En cualquier caso, también se pueden comer así, crudos. —Me dirige una mirada asesina, coge un erizo con las manos desnudas y, con suma delicadeza, lo abre por la mitad dejando a la vista el dibujo en forma de estrella.

—Caramba, por dentro es precioso —comento admirando los gajos naranjas dispuestos en forma de corona.

Leonardo coge un borde con los dedos.

—Pruébalo —me invita acercándomelo a la boca.

Mi corazón empieza a latir más rápido de lo normal. Abro la boca y cojo la pulpa con los dientes dejando que se disuelva dentro. El sabor, denso y salado, seduce de inmediato mi paladar.

—Está exquisito —murmuro guiñando los ojos a la vez que siento el sabor del erizo resbalando suavemente por la garganta.

Nos miramos a los ojos liberando una energía violenta, cargada de expectativas. El gusto del erizo llega al estómago y revigoriza el agudo deseo que late en mis entrañas. Esta noche este hombre volverá a ser mío, lo juro.

Leonardo devora los restos del erizo, después, valiéndose de un cuchillo, abre los demás y los vacía en un cuenco. Lo hace con tanta naturalidad que parece que tenga un fluido mágico en las manos. Con un ademán seguro coge el aceite virgen extra y lo vierte en la sartén trazando una doble ese. No está cocinando, está dibujando el cuadro de sabores que ve en su mente; es un pintor, un alquimista, un maestro del gusto. Cuanto más lo miro más me hechiza. Ahora enciende el fuego y, cuando la estela de aceite se ensancha formando un círculo, añade un diente de ajo, dos guindillas enteras y varias cucharadas de huevas de erizo. Lo rebaja todo con vino blanco y el aire se colorea con una llama azul plateada que se disuelve con un silbido en la brevedad de un instante.

—¿Quieres echar los espaguetis? —me invita señalando la cacerola con agua hirviendo que está en el hornillo de al lado.

—De acuerdo. —Abro el paquete, pero enseguida me surge una duda.

—¿Tengo que partirlos por la mitad? —pregunto. Si mal no recuerdo, mi madre lo hacía, pero nunca se sabe; tratándose de un chef de fama internacional, es fácil cometer un clamoroso error.

—No —contesta Leonardo sin el menor aire de reproche, sin echarme en cara la, con toda probabilidad, blasfemia que he soltado. Se echa al hombro el trapo que tiene en la mano—. Cógelos y mételos en el centro de la cacerola.

Hago lo que me dice. Él está detrás de mí, sus manos acompañan las mías, su sexo roza mis nalgas, su boca está cerca de mi oreja.

—Ahora suéltalos y deja que se cuezan —susurra.

Obedezco. Los espaguetis se abren como una flor, aspirados por el agua en ebullición.

—Perfecto. —Leonardo me roza el pelo con los labios y yo me deshago como si fuera mantequilla, estoy ardiendo. Luego se aleja y escancia dos copas de vino—. ¿Quieres un poco de Malvasía?

—Sí, gracias, «chef» —digo recalcando la palabra y parpadeando con aire conscientemente provocador.

Él ladea la cabeza y me observa.

—¿Me equivoco o estás tratando de seducirme?

—Sí, chef —respondo secamente, al igual que hacen con él sus ayudantes, solo que no logro mantener la seriedad—. ¿No te gusta?

—No lo sé… —Suspira disimulando una sonrisa—. Eso significa que tendré que pensar en algo especial para ti.

Un estremecimiento de excitación recorre mi espalda. La atmósfera se está calentando en exceso. Esta vez no te dejaré ganar, mi querido chef. Juego con ventaja. Soy yo la que tiene la idea adecuada para ti. Dejo la copa en la mesa.

—Disculpa, voy un momento al baño.

—¡Estará listo en unos minutos! —me grita probando un espagueti.

—Por supuesto, vuelvo enseguida. —A fin de cuentas, no tardaré mucho en hacer lo que se me ha ocurrido.

Llego al baño dando pequeños pasos, ya sin muletas. Mi sombra se proyecta en las baldosas de granito azul devolviéndome la otra parte de mí, la que ha permanecido prisionera durante mucho tiempo: la mujer que osa, que no debe pedir. Ha llegado el momento de presentársela a Leonardo; estoy segura de que no sabrá resistirse a ella. Apoyo las manos en el lavabo y me miro al espejo: mis ojos brillan y un ligero rubor tiñe mis mejillas. Este juego es perverso, pero me priva. Respiro hondo y me quito las bragas. No necesito tocarme para sentir que ya estoy mojada de deseo; solo él podrá aplacarlo.

Luego, como si me hubiera limitado a lavarme las manos, vuelvo a la cocina. Leonardo ha puesto la mesa en la terraza, esparcidas por ella hay varias velas y buganvillas.

—¡Qué maravilla! —exclamo abriendo los ojos.

—Y aún falta lo mejor —replica él. Unos segundos más tarde sale de la cocina con la fuente de espaguetis humeante entre las manos y una sonrisa de satisfacción en la cara. Se ha quitado la cinta del pelo, pero el trapo blanco sigue colgando en su hombro, acariciando sus músculos torneados. Deja el plato de cerámica en el centro de la mesa y me sirve.

—Vamos, Elena, acércate.

Me siento delante de él con la servilleta apoyada en las piernas.

—Poco —digo. Lo que más me apetece en este momento no son los espaguetis.

Pero él me pone delante un plato rebosante. Hago una leve mueca de resignación.

—¡Confiesa que quieres matarme con una sobredosis de carbohidratos! —Además de por abstinencia sexual…

—Ya verás cómo te gustan. Luego querrás más. —Su voz suena grave y seductora.

Se quita el trapo del hombro y lo tira al banco. Acto seguido se sienta y, escrutándome intensamente, me sirve un poco de vino. Me deshago cuando me mira. Me tapo instintivamente los muslos con la servilleta. No quiero que note enseguida que no llevo nada debajo del vestido.

—¿Entonces? —me pregunta mientras saboreo el primer bocado—. ¿Cómo están?

Me concentro en la comida masticando lentamente. Después trago.

—¿Quieres que te diga la verdad?

—Está prohibido mentir, ya lo sabes.

—Son como... —guiño los ojos dejando escapar un ligero gemido— un orgasmo —murmuro después como si acabase de tener uno.

Leonardo echa la cabeza hacia atrás y suelta una sonora carcajada. Adoro hacerlo reír.

—Las alcaparras son el toque especial de Nina —me explica. Coge una del plato y me la mete en la boca. Creo que tengo las mejillas ardiendo.

Paladeo el sabor maduro de la alcaparra agitándome en la silla. Me gustaría que Leonardo me tocase; es más, lo deseo con todas mis fuerzas, me muero por ello...

Pero él, con aire indiferente, se concentra de nuevo en su plato y enrolla los espaguetis con el tenedor. Me está sacando de mis casillas. Decido que ha llegado el momento de entrar en acción. Intento concentrarme y, con un movimiento estudiado, dejo caer al suelo la servilleta, cerca de sus pies.

Hago ademán de recogerla, pero él se adelanta.

—Deja, yo la cojo —dice.

Bien. Ha picado. Me apresuro a subirme el vestido por los muslos y abro ligeramente las piernas. Sudo, pese a que estoy quieta, y siento latir mi sexo mojado.

Leonardo se incorpora con una expresión indescifrable en la cara.

—Ten. —Me devuelve la servilleta con amabilidad. ¿Está sorprendido? ¿Excitado? ¿Divertido? No tengo la menor idea.

Se pone de nuevo a comer.

—De manera que has decidido provocarme —suelta al cabo de un poco como si estuviese hablando solo.

—Sí, y tengo la intención de seguir adelante —contesto con audacia. Alargo un pie bajo la mesa y le rozo una pierna. Subo y me introduzco entre sus piernas. Su sexo está duro, puedo sentirlo bajo la tela de los pantalones. Bebo otro sorbo de vino y me lamo el labio superior.

Nuestras miradas se cruzan desafiantes. Leonardo inspira hondo. Acto seguido cierra los ojos y cuando los vuelve a abrir sus pupilas están dilatadas. Magnífico, así que él tampoco es inmune… Disfruto del efecto que produzco en él y, a consecuencia de ello, mi excitación aumenta también. Deseo a este hombre y estoy a punto de obtenerlo… Pero, de improviso, me coge el pie y lo aparta.

—Basta, Elena —me reprende con una expresión severa y anhelante a la vez. Una mirada que nunca le he visto antes.

—Quiero hacer el amor contigo —declaro poniendo todas mis cartas sobre la mesa.

—Yo también.

—¿Entonces? ¿Por qué me evitas desde hace varios días?

—Porque no quiero ser el único que goce.

—¿Qué? —Abro los ojos agitándome en la silla—. ¿Me estás diciendo que ya no me quieres porque no puedo tener un orgasmo? —estallo, y las palabras salen por mi boca como un torrente.

—Elena, lo estoy haciendo para que vuelvas a sentir placer.

—Ah, ¿sí? ¿Por eso me tienes en abstinencia? —apunto, polémica.

—Exacto —confirma él convencido—. Tú misma me dijiste que habías tenido una sobredosis de sexo en los últimos tiempos. Por eso creo que tu cuerpo necesita encontrarse de nuevo.

Bajo la mirada. Me gustaría taparme las orejas. Cuando tiene razón no lo soporto.

Leonardo prosigue, en tono cada vez más suave y dulce:

—Si te obsesionas con el sexo no sentirás placer.

—Supongo que el doctor Ferrante tiene la receta adecuada para mí —replico con sarcasmo.

—No tengo ninguna receta, solo es un intento.

—A mí me parece un castigo estúpido. Porque me estás castigando como si fuera una niña mala.

—Yo no lo consideraría un castigo, sino una liberación —prosigue él—. Secundar siempre los propios deseos no es lo mismo que sentir placer. A veces debemos sufrir la privación, incluso el dolor, para gozar después.

Vacilo entre la necesidad de fiarme de él y el impulso de rebelarme. En lo más hondo espero de verdad que

Leonardo tenga la receta para curarme, pero mostrarle mi fragilidad me humilla y me llena de frustración.

—Siguiendo tu estilo, lo has decidido todo solo, como si mi opinión no contase para nada —le digo por fin cruzando los brazos.

—Puede que haya jugado un poco, que haya cargado la mano… Ya sabes que me gusta provocarte. —Trata de atenuar la tensión esbozando una de sus sonrisas más diabólicas. Después se acerca a mí y me acaricia una mejilla con un dedo—. A mí también me cuesta resistir, ¿qué creías? —Me traspasa con la mirada mordiéndose un labio.

—¿Y si te dijera que no estoy en absoluto de acuerdo? —Vuelvo al ataque enderezando la espalda con expresión combativa.

—Estupendo —aprueba abriendo los brazos—. Acepto el reto.

Lo observo desconcertada por unos segundos y caigo en la cuenta de que no tengo muchas alternativas: no puedo obligarlo a hacer el amor si no quiere.

—¡No me subestimes! —lo amenazo para ganar tiempo—. Ahora no estoy preparada, pero ya verás… —En realidad me estoy deshinchando como un soufflé mal hecho. Suspiro resignada—. Oye…, dime al menos cuánto va a durar la tortura.

—Quién sabe. Ya veremos. En realidad solo depende de ti.

—¿Puedo al menos darte un abrazo? —le pregunto con semblante triste. En el colmo de mi desesperación aparece mi vena cómica. Leonardo se ríe y me abraza acunándome. Respiro con fuerza su aroma y gozo del contacto con su cuerpo. Hace un año que lo espero en silencio y ahora que está delante no puedo tenerlo. Lo odio, pero lo quiero. Por desgracia, nunca he dejado de hacerlo, no puedo por menos que reconocerlo.

Él se inclina hacia mi oreja, me aparta el pelo y me susurra:

—¿Estás mejor?

—Es que te deseo tanto… —respondo hundiendo la frente en su hombro.

—Yo también te deseo, pero puedo esperar todo el tiempo que sea necesario. —Me levanta la cabeza y me besa con dulzura—. Antes de conocerte siempre estaba en lucha conmigo mismo. Pensaba que debía arrebatarle a la vida todo lo que podía ofrecer: el placer más extremo, la satisfacción profesional de ser el mejor, todos los instantes de felicidad. Pero luego apareciste tú y comprendí que también es posible recibir un regalo.

Me siento destrozada y regenerada en un instante, como si hubiera experimentado una transformación alquímica. Me rindo a sus brazos, al aroma de su piel, pero esta vez sé que no he perdido.

La luna nos sonríe reflejando en el mar su perfil luminoso y el faro de Estrómboli responde encendiéndose de blanco.

Leonardo y yo pertenecemos a esta isla.

9

Al igual que todas las mañanas desde que llegamos, Leonardo ha salido pronto a la caza de secretos gastronómicos. Su libro de recetas va cobrando forma lentamente, lo intuyo por la cantidad de folios llenos de apuntes que deja esparcidos por la casa. Anota todo lo que descubre con una precisión maniática: la calidad de los ingredientes, los métodos de cocción, la presentación de la comida en el plato, todo ello expresado con unos términos técnicos cuyo significado solo puedo intuir, como «espumar», «marmoleado», «acanalar», o también *«court bouillon»*. De vez en cuando echo una mirada mientras Leonardo escribe y él sonríe al ver mi curiosidad y mis expresiones inquisitivas. Es cierto, nunca he entendido una sola palabra de cocina —puede que nunca me haya interesado—, pero ahora he decidido que quiero aplicarme para aprender, al menos, el abecé; ¡no puedo ilustrar sus ideas sin tener siquiera una vaga idea de cómo se realizan!

Mi esfuerzo se ha visto premiado con los resultados, porque ya he conseguido esbozar a lápiz dos dibujos: los espaguetis con los erizos de mar y una sopa de pescado que aquí llaman *'gnotta.*

Nada mal, para ser los primeros; incluso yo, que exijo siempre el máximo de mí misma, estoy bastante satisfecha. Claro que si tuviese aquí las acuarelas todo sería bien distinto, pero vivir en esta isla me está enseñando que no tiene sentido desearlo todo de inmediato; hay que saber esperar, porque la espera no es tiempo desperdiciado, sino una ocasión preciosa para prepararse lo que está por venir. En Estrómboli he comprendido que nada es previsible, que todo está reducido a la esencia y exige un tiempo de espera: los frutos de la tierra, los barcos del continente que llegan cargados de mercancías y personas, las erupciones del volcán.

Y ahora también hay alguien que me está esperando: Leonardo. En este lugar encantado, solo aquí, podremos fundirnos completamente. Pero ¿de qué forma, dado que él sigue manteniendo las distancias?

La pregunta me acosa sin cesar y ni siquiera me da tregua ahora, mientras desayuno en la terraza. La noche en que Leonardo me habló de la abstinencia sellamos un acuerdo tácito: nos deseamos, pero resistimos. El problema es que cuanto más resistimos más nos deseamos. Estamos explorando los confines de nuestro deseo, tiramos hacia el infinito de una cuerda que, tarde o temprano, se romperá. Solo nos queda descubrir cómo y cuándo.

Bebo un sorbo de zumo y muerdo uno de mis irrenunciables *nacatuli,* los supercalóricos pastelitos de las Eolias rellenos de almendras, piel de naranja y canela; son deliciosos, me comería un quintal.

—¿Se puede? —Una voz de mujer me llega dulcemente desde la entrada. Leonardo siempre deja la puerta abierta, nunca cierra con llave, ni siquiera de noche, como, por otra parte, hacen todos los isleños.

Me desplazo con la lentitud que, a estas alturas, me caracteriza ya y veo que Nina está en la sala. En una mano lleva una cesta de mimbre llena de toallas secas y en la otra una botella con un contenido misterioso.

—Buenos días —la saludo efusivamente. Adoro a esta señora maravillosa.

—Hola, Elena. —Me sonríe y deja la cesta en el suelo—. Aquí tienes, recién lavadas.

—Gracias, no debería haberse molestado. —Desde que llegamos Nina no hace sino deslomarse por nosotros. Su amabilidad casi me incomoda.

—No te preocupes, lo hago con mucho gusto, de verdad —me tranquiliza ella mientras sus ojos azules brillan con una luz viva—. Te he traído también esto. —Deja la botella en la mesa—. Tienes que probarlo.

—¿Qué es? —pregunto.

—Licor de granada.

—Espléndido. —Sonrío hasta con la mirada—. ¿De manera que este es el famoso licor que solo sabe hacer usted? ¿El de la receta secreta? Leonardo me ha hablado de él, dice que es un elixir, una cosa rarísima…

—Leo exagera siempre. —Cabecea divertida.

Me enternece que lo llame así. Cada vez que lo nombra se le ilumina la cara.

—No creo que exagere —replico convencida—. La otra noche cocinó la pasta con erizos siguiendo su receta. ¡Estaba para chuparse los dedos!

—Gracias, querida —me dedica una amplia sonrisa—, pero él hace tiempo que me superó en la cocina.

—Puede, pero Leonardo me ha confesado también que sin usted nunca habría llegado a ser un chef famoso. Me ha contado muchas cosas de cuando era niño y lo importante que fue usted para él.

Nina exhala un suspiro y sacude la cabeza, como si estuviese persiguiendo un pensamiento propio.

—No puedes imaginarte la felicidad que es tenerlo de nuevo aquí. Hacía muchos años que no volvía y las últimas veces siempre estaba triste, atormentado.

Me mira a los ojos.

—¿Te puedo confesar una cosa? —Me apoya una mano en un hombro y, sin darme tiempo para contestar, prosigue—: Lucrezia nunca me gustó nada. Esa tenía el diablo en el cuerpo, pobrecilla. —Alza los ojos al cielo con un algo de desesperación—. Leonardo la quería mucho, pero no eran felices juntos, era imposible. —Me acaricia tiernamente una mejilla con su mano áspera—. Tú, en cambio, eres tan dulce... Contigo está tranquilo, es feliz, como cuando era niño.

Le sonrío, encantada e incómoda a la vez, deseando con todas mis fuerzas que tenga razón.

—Pero deja que te dé un consejo —prosigue Nina asumiendo de repente un aire sabio y grave—. No dejes que su carácter te impresione. Él hace y deshace como le parece, es caprichoso y despótico, pero, en el fondo, no desea realmente que lo secunden, no quiere a su lado una persona a la que poder manipular como le parezca. Si quieres conservarlo, debes mostrarle que tienes personalidad, que sabes elegir, incluso sin él.

Este momento de complicidad femenina me hace sentirme repentinamente en mi casa, estoy pendiente de los labios de Nina.

—Leonardo siempre ha sido así, desde que era niño —continúa ella—. Debe tener a toda costa lo que quiere, es tan cabezota como una mula, pero, por encima de todo, adora que lo sorprendan. Porque sabe de sobra lo que desea, en cambio lo que realmente lo conquista es lo inesperado.

Estoy atónita. Nina ha dibujado el retrato de Leonardo con una lucidez y una precisión que yo no he logrado adquirir en todos los meses que he sufrido por su causa.

—Gracias por el consejo —le digo a la vez que una idea se va abriendo paso en mi mente.

Eso es lo que debo hacer: la única forma de salir vencedora en el juego de Leonardo es no seguir sus reglas.

Nina hace amago de irse. Mira por un instante mi pierna, que se ha liberado ya del aparato ortopédico.

—Veo que va mucho mejor —observa con alegría.

—Sí, por fin. —Exhalo un suspiro de alivio—. Hoy es el último día que debo llevar el vendaje…, me lo ha dicho el doctor Crisafulli.

—¡Oh, el doctor Crisafulli es buenísimo! —dice ella para tranquilizarme—. Prepara las medicinas con las hierbas que crecen en la isla. No puedes estar en mejores manos.

Me saluda y se marcha. Me quedo sola pensando. Nina me ha revelado algo muy valioso, lo único que debo hacer ahora es comprender cómo debo ponerlo en práctica.

Está anocheciendo y no veo la hora de que regrese Leonardo: él me quitará el vendaje. El doctor Crisafulli le ha explicado cómo debe hacerlo y le ha sugerido que corte unas hojas del aloe que hay en el jardín para hacer unas compresas con su pulpa refrescante. Después me ha recomendado también que no esfuerce los músculos durante, al menos, otra semana más, pero no me importa: estoy en el séptimo cielo, porque me voy a liberar de este cuerpo ajeno que arrastro desde hace muchos días. Y, sobre todo, porque voy a bañarme por primera vez en este mar irresistible.

Me fío ciegamente de las manos de Leonardo, mucho más que de su corazón y su cabeza…

Estoy sentada en la cocina, en una silla de madera, y él está arrodillado delante de mí con una mirada reconfortante y concentrada. Empieza a desenrollar la venda partiendo de la rodilla y baja con calma hasta el tobillo, acariciándome varias veces con los nudillos. Es un toque ligero, casi un cosquilleo, que despierta la piel de su sopor.

—¡Por fin libre! —sentencia Leonardo. Deja la venda en el suelo y me da un masaje con las dos manos.

—Me parece un sueño —digo exultante. No sé qué es lo que me alegra más, si haberme quitado de encima ese tormento o que él me esté tocando después de haberme evitado durante tanto tiempo.

Nos miramos en silencio mientras él prosigue con el masaje milagroso. Curiosamente, el hecho de que mi pierna no esté en las mejores condiciones (el músculo flácido evidencia el tiempo que hace que no me depilo) no me incomoda en lo más mínimo. Siento que la sangre vuelve a fluir por mis venas y que mi cuerpo vuelve a respirar. Leonardo coge una hoja de aloe del tamaño de un filete, la corta con un cuchillo y saca un grumo de materia gelatinosa de color verde pálido.

—¿Seguro que eso funciona? —pregunto haciendo una mueca de asco.

—¡¿Cómo te atreves a dudar del doctor Ferrante?! —me dice burlón—. Mi madre me lo ponía siempre cuando volvía a casa con las rodillas arañadas… Es decir, un día sí y el otro también. Digamos que era un niño más bien turbulento.

Sonrío imaginándomelo a esa edad, corriendo descalzo por las calles de piedra de la isla. Un volcán de carne y hueso.

Leonardo deja caer el aloe en mi rodilla y extiende la pulpa hacia abajo con una lentitud extenuante.

Siento un frescor agradable que llega directamente a mi barriga. Un frescor casi erótico que se propaga por cada centímetro de la piel cuando él extiende el aloe por la pierna hasta rozarme la ingle.

Estoy en tensión, soy energía a punto de estallar mientras una descarga fluida que parte del ombligo se introduce en mi sexo. Me gustaría coger a Leonardo por el pelo, arrastrar su cara hasta la mía y besarlo con todas las fuerzas que tengo. Miro sus manos, que recorren mi pierna desde el tobillo a la rodilla, esas manos tan sensuales y seguras. Arqueo ligeramente la espalda y me apoyo en el respaldo reclinando la cabeza hacia detrás. Los pezones están duros y los labios reclaman la sangre. Mi cuerpo se debate en una dulce agonía.

Él me observa como un depredador al acecho. Sus dedos aumentan de forma gradual la presión en la carne, suben y bajan por el muslo y en cada ocasión lamen mi placer. Siento que roza las bragas. Ya está, me digo, va a suceder, ahora dará un salto felino y me cogerá…, pero no es así. Cuando estoy al borde de la excitación, Leonardo aparta las manos de mi pierna, como si estuviese ardiendo, se levanta y se limpia los restos de aloe con un trapo.

—Ahora descansa. Yo prepararé la cama —me dice y se aleja sin siquiera mirarme.

Después de haber comido con suma lentitud, ha oscurecido y salimos a la terraza a beber el delicioso licor de granada de Nina. Tiene un aroma intenso, un gusto que no es para todos, pero que pretende conquistarte. Al igual que ha hecho Leonardo conmigo. Mi mente evoca de inmediato la granada que él me hizo conocer con todos los sentidos en Venecia, una tarde de otoño que ahora me parece muy remota. Puede que fuese entonces cuando empecé, de forma inconsciente, a desearlo.

Enciende un cigarrillo y da la primera calada. Echa el humo en un prolongado suspiro pintando el aire de un color blanco evanescente que se disuelve en la claridad de la luna. Da la impresión de que, con ese vapor caliente, esté desafiando al volcán, el alma de la isla.

Hace mucho calor, un calor que despierta los sentidos y enciende la pasión. Con toda probabilidad, una pareja normal ya estaría haciendo el amor.

Mi mirada se desliza de sus labios suaves a su pecho, musculoso y sudado, que asoma como un caparazón debajo de su camisa desabrochada. Me gustaría tener los ojos vendados, porque no puedo resistir más su carga erótica. Sigo estando excitada, no puedo apagar el incendio si no dejo de echar gasolina al fuego. Leonardo me mira impasible exhalando el humo con una lentitud frustrante.

Basta, tengo que alejarme de él. Ahora.

—Entro un momento —le digo levantándome del banco y apoyando mis pies descalzos en el suelo. Es una sensación maravillosa y fresca que me devuelve de inmediato a una dimensión menos provocadora.

Me atraviesa la ropa con la mirada y da otra calada envolviendo el cigarro con los labios. Como debería hacer con mi boca, pienso.

Desaparezco en un abrir y cerrar de ojos recorriendo las habitaciones lo más deprisa que puedo. Entro en el cuarto de baño, abro el grifo del lavabo y me lavo la cara con gestos frenéticos. De improviso, me veo reflejada en el espejo: mis ojos de color avellana brillan de deseo, tengo los labios hinchados, la piel enrojecida por el sol y la vida. El agua resbala por mi cara hasta el cuello mojándome la camiseta y dejando entrever los pechos.

Me siento libre después de mucho tiempo. Sin muletas, sin aparato ortopédico, sin vendas. Sin miedo, por fin. Estoy desnuda, resucitada, y me siento ligera y nueva.

Deseo a Leonardo, el placer que solo él sabe procurarme. Pero Nina fue muy clara: ha llegado el momento de apoderarme de lo que quiero. Quizá fuera ese el significado de sus palabras: para sorprender a Leonardo debo sorprenderme antes a mí misma.

En este momento, por primera vez desde que llegué, apago el cerebro y me abandono a mis fantasías.

Entro en la habitación —la alcoba matrimonial en la que, desde hace no sé cuántas noches, lucho contra mí misma para no abrazarlo en el sueño— y me siento en el borde de la cama. Miro durante unos segundos la frase en caracteres griegos pintados a mano en la pared: *Panta rhei hos potamós,* todo fluye como un río. Desde que estoy aquí Heráclito se ha convertido en mi gurú, si es que se puede llamar así. No obstante, es el deseo lo que fluye en mí, poderoso e irrefrenable.

Dejo la puerta abierta para que él pueda oírme, para que sepa lo que me dispongo a hacer. Aferrándome al cabecero de hierro forjado, me tumbo entre las sábanas de lino. Todo fluye, como un río: mi cuerpo, mi deseo, mis manos, los dedos que ya no puedo parar. Tengo que tocarme, lo deseo, y lo haré sola. Sin él. Empiezo a acariciarme entre las piernas, la tela de los pantalones cortos, que presiona mis labios mojados. Al cabo de unos segundos, cuando ya no puedo detenerme, oigo que Leonardo me llama.

—¿Elena? —Su voz es tranquila, no puede imaginar lo que sus ojos están a punto de descubrir.

No respondo. En lugar de eso coloco mejor la almohada que tengo bajo la cabeza.

—¿Dónde estás? —Sus pasos retumban en el pasillo.

De nuevo, no le contesto. Quiero que me encuentre en el silencio ardiente de mi deseo.

Apoyo una mano en la barriga y escucho latir mi corazón sin interrumpir las caricias, lentas y peligrosas, entre mis muslos, sin impedir que mi dedo medio sienta el calor húmedo que tengo dentro.

Cuando estoy a punto de procurarme el placer del que estoy sedienta, llega Leonardo. Aparto poco a poco la mano de mis piernas, a la vez que Leonardo se detiene en el umbral boquiabierto. Tiene una expresión atónita que desconozco y que me turba también a mí. Lo he sorprendido, es evidente.

Se apoya en el marco y, cogiéndose la barbilla con las manos, esboza una sonrisa.

—¿Qué haces? ¿Me estás provocando otra vez? —pregunta, pero en esta ocasión su voz no tiene su habitual firmeza. Suena quebrada, víctima de una especie de temblor.

—No, me estoy provocando a mí misma —respondo con descaro.

Mis ojos lo miran con toda la carga de sensualidad que ya no logro contener. Pero luego los cierro de improviso, indiferente a su presencia, meto de nuevo la mano en los pantalones cortos y bajo un poco la cremallera. Resbalo lentamente bajo las bragas, por el monte de Venus, hasta sentir de nuevo la humedad ardiente que solo lo espera a él.

Entreabro los párpados y veo sus ojos oscuros, curiosos y encendidos. Con la otra mano me acaricio los senos, liberándolos de la camiseta. Noto que los pezones se endurecen bajo mis dedos. Leonardo no se mueve, no dice una palabra, pero su cuerpo habla por él. Nuestras miradas se desafían en el silencio que flota denso sobre nosotros, roto tan solo por el débil sonido de las conchas.

Me quito los pantalones, pero no las bragas, porque quiero sentir el encaje resbalando por mi piel, hacerle cosquillas, arañar mis labios y prepararlos para el placer. Cierro de nuevo los ojos y, forzando la tela, uno los labios y los empujo hacia dentro con una fuerte presión. Todo se hincha, se ensancha, se humedece. Estoy gozando delante de él, estoy poniendo en escena el espectáculo de mis sentidos y, pese a que tengo miedo, por una vez quiero abandonarme solo a mí misma. Quiero ser mía antes que suya.

Me quito las bragas y las abandono entre las sábanas. Estoy completamente desnuda de cintura para abajo. Me acaricio las piernas, las abro delante de él, después deslizo las manos hacia arriba, sin prisa, y apoyo una en los labios, que se cierran al sentirlas. La otra sigue subiendo por la barriga, por el pecho, hasta llegar a la boca, que la acoge con avidez. Sabe a mí, y eso me gusta. Introduzco también los dedos en el sexo y los meto y los saco como si quisiese averiguar el punto exacto donde tiene su origen mi placer. Es increíble cómo todo aquí dentro es húmedo, resbaladizo, líquido.

Me estremezco, pero siento que mis dedos no bastan para abrir las puertas del placer. Deseo más. Quiero sentir el gusto pecaminoso de la plenitud. Leonardo sigue observándome sin moverse. Parece haberse quedado petrificado: me desea, pero sabe que debe dejarme hacerlo sola. Tiendo una mano hacia la mesilla y busco el tarro de su perfume, con aroma a ámbar. Ahí está. Está en mi mano, junto a su imagen. Es una pequeña botella de cristal satinado y con forma sinuosa, una gota alargada como los ungüentarios antiguos. Es lisa y está fresca, insidiosa y dura. Ahora se desliza lentamente por mi barriga, dibuja una espiral alrededor de mi ombligo, luego prosigue hacia abajo, se demora impaciente en mi clítoris y prosigue su descenso. Estoy preparada para recibirla.

La introduzco lentamente, con unos dulces movimientos circulares que me abren poco a poco. No le cuesta, se insinúa en mi interior regalándome un intenso goce. Después empiezo a moverla hacia delante y hacia detrás, arriba y abajo, hasta que la siento en lo más hondo. Y es un instante, la gota que hace rebosar mi río.

Voy a perder el control, olvidándome tanto de él como de mí misma. Una luz estalla y yo me colapso en un rincón oculto de mi alma, donde el dolor y el miedo al pasado se funden y se borran en el placer absoluto que siento ahora. Empujo más deprisa y me abandono por completo. Gimo, grito como nunca lo he hecho. Aprieto los muslos y contraigo los músculos para gozar a fondo, cada vez más. Estoy teniendo un violento orgasmo, el orgasmo que los hombres con los que me he acostado en estos meses no han logrado procurarme, el orgasmo que ya no era capaz de sentir y que, sin embargo, ahora sale desenfrenado: por la boca, por el sexo, por los ojos, por mi piel caliente.

Y todo esto sucede en presencia de Leonardo, que no dice una palabra; en este momento, a sus ojos debo de ser un espectáculo perverso y fascinante. El *Éxtasis de la beata Ludovica* me vuelve a la mente como una bofetada, con toda su turbadora belleza: el cuerpo que parece a punto de salirse del mármol, la ropa en desorden y el semblante arrobado por algo ingobernable. Así es justamente como me siento: más allá del placer y del dolor, en un estado rayano en el trance. Tengo la impresión de estar flotando por encima de mí misma, como si hubiese dejado mi cuerpo lejos de aquí. Alrededor, todo se está transformando en un sueño: la cama, las paredes, el ruido de las conchas, la respiración de Leonardo, su aroma. La tensión en los músculos se afloja y, a la vez que saco lentamente el frasco de perfume de mi sexo mojado, me deslizo en un espacio en el que no existen ni el deseo ni el miedo, solo una misteriosa paz.

Cuando abro de nuevo los ojos ya no tengo el perfume entre las piernas; ahora está él, su pelo sudado, sus manos grandes, que me acarician, y su boca, que reposa en mi monte de Venus. Está recogiendo los restos de mi placer.

Permanezco tumbada y silenciosa, sin avergonzarme de lo que he hecho, de mi cuerpo desnudo, mis gritos y la forma absoluta en que me he abandonado a mí misma.

Leonardo se echa en la cama a mi lado y me acaricia el pelo con dulzura. Luego me coge la barbilla y gira mi cara de nuevo hacia la suya.

—Lo has conseguido, Elena —susurra mirándome intensamente a los ojos—. Te has regalado el mejor orgasmo de tu vida.

No sé qué decir, cómo continuar, pero le sonrío, porque ha sido él quien me ha incitado a atreverme, a superar el obstáculo, a adentrarme en una parte de mí misma que desconocía. Ha dejado que encontrase sola el camino y por fin estoy aquí, como si hubiese afrontado un largo viaje, cansada, pero feliz.

Miro a Leonardo, consciente de que aún lo necesito. Lo necesito dentro de mí.

Quiero besarlo, pero él se adelanta. Me da un beso vivo, pulsante, vibrante de deseo. Nuestros labios ardientes se encuentran intercambiándose la energía que encierran nuestros cuerpos como si fueran dos vasos comunicantes.

Después, casi sin que me dé cuenta, Leonardo me arranca la camiseta y desliza la lengua por mis pezones.

Va a suceder de nuevo.

Y, por fin, estoy preparada.

10

Estamos desnudos en la cama, uno frente a otro, los ojos en los ojos, las manos en las manos, mi respiración se mezcla con la suya. Una luz tenue penetra por la ventana y define los claroscuros de nuestros cuerpos, pero ahora es la oscuridad la que debe vencer. Necesitamos la oscuridad total para mirarnos dentro y reencontrarnos como amantes.

Soy yo la que venda en primer lugar a Leonardo con el pañuelo de seda que metí en la maleta pensando en nosotros, luego él hace lo mismo conmigo y me tapa los ojos con una de sus corbatas. A saber si la habrá traído a Estrómboli para esto. De nuevo juntos, él y yo, en un universo sensual y exclusivamente nuestro, cómplices y, esta vez, al mismo nivel.

Me acaricia las mejillas, después el cuello y los hombros. Nuestras caras se acercan, nuestras frentes encendidas se tocan, llenas de deseos y de pensamientos. Nuestros labios se unen y nuestras lenguas se buscan fundiéndose en una danza lenta y atormentadora. Estamos descubriendo de nuevo nuestros cuerpos, los volvemos a modelar con nuestras manos, como si fueran unas formas toscas que hubiese que perfilar. En esta oscuridad y en este silencio florece un deseo carnal auténtico y esencial que hace desaparecer el mundo circunstante.

Siento que su aroma me sube a la cabeza y resbala por mi garganta: aturde los sentidos, casi me da vértigo. Esta noche quiero que lo descubra todo de mí, quiero que me toque, que me saboree.

Le acaricio el pelo mientras él empieza a trazar círculos con los dedos alrededor de mis pechos. Vaga por mi piel, se demora en el lunar antes de llegar a los pezones. Están duros, tensos; juega con ellos unos instantes, luego posa los labios causándome una infinidad de estremecimientos. Mi sexo se calienta y humedece aún más. Me acaricia la barriga e introduce las manos entre mis muslos: es una caricia dulce y leve; cuanto más ligera es más me tormenta.

Entretanto mis dedos fluctúan sobre él, se insinúan con parsimonia en el vello de sus piernas y suben por los pliegues de las ingles notando el profundo calor que emana de ellas. Exploro este cuerpo masculino con las manos con la sensación de estarlo descubriendo en este momento por primera vez. Privada de la vista, tengo la impresión de haber recuperado una especie de virginidad y estar viviendo una experiencia completamente nueva. Me siento confusa, libre, curiosa.

Empiezo a acariciarle lentamente el sexo, con dulzura, con temor y audacia al mismo tiempo. Lo siento crecer en mi mano, de manera que aumento poco a poco la presión sabiendo que debo tocar más hacia abajo que hacia arriba. Lo rodeo apretándolo con el pulgar y el índice, subo desde la base hasta el glande y vuelvo a bajar haciendo unas ligeras presiones que lo hacen gemir. Está excitado, muy excitado, y viene en búsqueda de mi nido caliente. Siento su toque húmedo —debe de haberse mojado los dedos con saliva—. Repite en el clítoris los movimientos circulares que antes ha realizado en mi pecho. Me está acariciando tal y como deseo, y es una sensación celestial. Mi deseo se acrecienta, quiero que siga.

—Leo… —murmuro—. Métemelos, te lo ruego —le pido susurrando.

—Aquí tienes, Elena, todo para ti —responde llenándome con dos dedos. Gimo al sentir que un repentino calor se difunde por todas partes. Dejo que el placer se dilate dentro de mí, hasta el corazón y la mente. Leonardo hurga en mi sexo, que reacciona con una oleada líquida de placer. Mientras tanto, su lengua ávida me invade la boca. La siguen sus dedos, impregnados de mí; me torturan los labios, se introducen, juegan con mi lengua, se dejan chupar para volver a meterse después entre mis piernas.

—Ven aquí —dice de improviso, cogiéndome por las caderas y obligándome a sentarme encima de él, con los muslos sobre los suyos y las piernas rodeándole la cintura. Somos una flor de loto que flota en una extensión de lino perfumado. La nuestra, ahora, es una unión total.

Leonardo hace resbalar sus manos por mis nalgas, pegándome a su cuerpo. Le rodeo el cuello a la vez que muevo ligeramente la pelvis, frotando su erección con mi vulva. Ahora está completamente húmeda y dilatada, lista para acogerlo.

—Ahora te quiero todo dentro —le digo en un susurro. Es una orden a la que no puede oponerse.

Me ayuda a levantarme para que pueda coger su sexo durísimo y metérmelo.

Cuánto he esperado este momento. No lo recordaba tan grande, tan prepotente.

—Oh, sí, Elena —gruñe al mismo tiempo que me balancea sujetándome por la cintura.

Seguimos las notas de nuestra pasión marcando el ritmo, al principio con lentitud, luego cada vez más deprisa. A medida que aumenta el roce, nuestros gemidos se vuelven más roncos y nuestra respiración más entrecortada. Rodeo su cuello con las manos: está hinchado, caliente. No necesito verlo para saber que está gozando. Noto las venas hinchadas por el esfuerzo y aprieto un poco más para sentir su sangre corriendo bajo mis dedos. Aquí está, en mi mano, toda su energía vital sometida a mi poder. Este hombre, que antes descubría con estupor, casi con temor, ahora me pertenece, su cuerpo obedece al mío. Me siento más fuerte que nunca, absoluta.

A medida que mi pasión se acelera clava con más fuerza las uñas en mis nalgas y acelera su empuje. Poseyéndome se pliega a mi voluntad, penetrándome se convierte en instrumento de mi placer.

El crujido de la cama ahoga nuestra respiración, cada vez más entrecortada. La oscuridad en los ojos, la luz en el interior. Leonardo grita, es un sonido ancestral en el que se entremezclan la muerte y la vida, el dolor y la pasión, el deseo y la rendición. Una voz ensordecedora. Su energía pasa bajo mis dedos, a través de su garganta, sale por la boca, me embiste como una onda magnética y me contagia. Entonces yo también me corro, gritando con él.

Es un orgasmo total, inmenso, que nos proyecta a un espacio donde ya no existimos él y yo, sino solo *nosotros,* un solo cuerpo y una sola alma pulsando al unísono.

Caemos uno encima del otro abrazándonos estrechamente. Leonardo me quita la corbata de los ojos y yo el pañuelo a él. Parpadeo varias veces para acostumbrarme de nuevo a la tenue luz de la habitación y mi mirada se cruza con la suya, estática y perdida. Nos miramos en silencio, aturdidos y mudos, incapaces de expresar con palabras lo que acaba de suceder.

Me tumbo boca arriba relajando por completo los músculos. Cierro los ojos y me abandono de nuevo a la oscuridad.

Leonardo está a mi lado y con una mano me rasca dulcemente la cabeza.

—Creo que he entendido una cosa, Elena, algo que aún no había sentido —dice mirando el techo. Lo observo con aire interrogativo mientras él se vuelve hacia mí—. Soy tuyo. *Quiero* ser solo tuyo.

Sonrío, mi corazón emana felicidad. Me acerco a su oreja.

—Y yo quiero ser tuya —susurro antes de darle un fugaz beso en el lóbulo.

Cuando hago ademán de recular me retiene con una mano y busca mi boca, que se abre de inmediato para dejarle espacio. Me aproximo más a él pegando mi pecho al suyo, entrelazo mis piernas con las suyas rodeando con una su cintura. Nuestros cuerpos están enroscados, entre nosotros no hay confines. Ahora existo en esta trama de respiración y saliva, de sentidos y pensamientos, y estoy bien, no deseo estar en ningún otro lugar.

Por un instante me pregunto cómo puedo haber estado lejos de él durante esos meses. Cómo he podido hacer el amor con otro. Cómo he podido tolerar el olor de otro.

Al cabo de unos instantes nuestros sexos se buscan de nuevo. Él roza el mío con el suyo, con una dulzura lacerante, y yo lo secundo. El deseo asciende una vez más, impetuoso e indómito, un deseo inagotable que solo podrá saciar un nuevo orgasmo.

Con un movimiento rápido, Leonardo me gira y me atrae hacia él. Mi espalda se funde con su pecho a la vez que me susurra al oído:

—Eres mía, ahora puedo hacer contigo lo que quiero. —Me besa la nuca, sus besos son cada vez más audaces y me transmiten descargas violentas de placer.

—Siempre y cuando me guste —contesto hundiendo la cabeza entre los hombros para defenderme, pero solo un poco. Siento su sexo contra mis nalgas, liso y duro. Me acaricia con los dedos justo debajo del culo.

—Creo que sí te gustará —murmura pegándose aún más a mí y empujando su pelvis contra la mía.

De repente, me da un empujón seco y me pone boca abajo con las piernas inmovilizadas entre las suyas. Me vuelvo unos milímetros buscando su cara y veo que un destello diabólico le enciende la mirada. Su mano aprieta mis nalgas y las acaricia relajando los músculos y deleitando mi piel. Apoya un dedo justo encima de mi sexo, lo mueve en círculo y se detiene un poco antes de llegar al ano. ¿Querrá metérmelo? Jadeo con fuerza, aplastada por su peso. Se sienta a horcajadas sobre mí, siento que su sexo erecto roza mis piernas.

—Esta noche quiero poseerte por completo. Todas las partes de tu cuerpo —susurra besándome el coxis, lamiéndolo, hambriento.

Me tenso al instante.

—¿A qué te refieres con *todas las partes?* —Intento desasirme, pero él me lo impide obligándome a permanecer en esa posición.

En lugar de contestar, empieza a pasar la lengua por la parte posterior de mis muslos hasta llegar a las nalgas. Los músculos se contraen y se colapsan después dulcemente. Es tan placentero que lanzo un gemido. De acuerdo, Leonardo, me fío de ti, me rindo, no tengo elección.

Siento que una gota de aceite resbala por mi espalda, luego otra, y otra más. El dedo de Leonardo recoge el aceite, lo extiende por mis nalgas y entra en mí con delicadeza, detrás, donde nunca he dejado que nadie me conozca.

Pero ahora es diferente, con él deseo cosas que jamás habría imaginado.

—Despacio, por favor —susurro.

—Relájate, Elena... Relájate y no pienses en nada.

Siento un leve escozor y luego una sensación de plenitud fluida que me invade por delante y por detrás. Una onda de trasgresión y fantasía recorre todo mi cuerpo y choca en mi vientre. Una burbuja de excitación se disuelve entre mis piernas. Es un goce distinto, nuevo, sumamente sensual.

Leonardo hunde el dedo humedecido hacia arriba, en dirección al hueso sacro, y con unos movimientos ligerísimos, pero firmes, ensancha las paredes internas. Emito un gemido de puro placer. La única forma de deshacer el grumo de miedo y curiosidad que tengo en mi interior es abandonar toda resistencia.

Acerca su pene túrgido a mi ano y, con una lentitud irreal, lo introduce. Mis músculos ceden, los tejidos se ensanchan como por arte de magia para recibirlo, al mismo tiempo que mi sexo alberga uno de sus dedos y mi cuello se deja seducir por su lengua.

—Dios mío, Elena, eres fantástica —ruge, con la voz en el borde de la excitación.

Jamás he experimentado nada similar, es increíble: es un terremoto de placer, un dolor que se transforma en deseo y después en éxtasis. Me siento vulnerable e inerme, pero en mi rendición hay una fuerza inmensa, porque quiero ser completamente suya.

Leonardo me está guiando por los lugares más inexplorados de mi cuerpo, unos lugares cuya existencia ignoraba y que ahora colmamos juntos con una luz cegadora. Su sexo permanece inmóvil dentro de mí, en tanto que su dedo explora mi nido; luego empieza a moverse lentamente, dentro y fuera, y yo me abandono. Lo que él me está haciendo es divino.

Oigo sus gritos, profundos y roncos, y grito con él, encontrando mi dulcísima liberación. Me corro de nuevo, por tercera vez, gritando su nombre al cielo, en tanto que él se detiene vertiendo en mi interior su corazón y su alma.

Dejo que su cuerpo caiga sobre el mío hasta cubrirlo por completo. Después, entrelazo mis tobillos a los suyos al mismo tiempo que él me sujeta las muñecas con las manos, como si quisiese aprisionar toda la energía que ha descargado en mí.

Quiero a este hombre con todas mis fuerzas, pero me niego a que el peso de las palabras arruine el momento que estamos viviendo.

Estamos agotados, exhaustos, hemos consumido todas las emociones. A nuestro alrededor solo hay paz y silencio. El mundo ha dejado de existir, el tiempo se ha detenido y solo estamos él y yo.

Siento nuestros sexos relajados. Leonardo se aparta para dejarme respirar, me vuelvo hacia él y nos sonreímos como si hubiésemos hecho el amor por primera vez en nuestra vida. La sensación de plenitud que he sentido hace poco aún no se ha desvanecido. Nos abrazamos sin cesar, sin decir una palabra, dejándonos envolver por el sonido de nuestras respiraciones.

Al cabo de un rato Leonardo se vuelve de espaldas, me coge una mano y la apoya en su corazón. Lo abrazo hundiendo la cara en su ancha espalda. Es un escudo, una roca. Sin embargo, mis ojos no pueden ignorar el ancla tatuada en su piel, las dos eles entrelazadas: Leonardo y Lucrezia. A pesar de que en estos días no la ha nombrado en ningún momento, jamás podré liberarme del fantasma de esa mujer que, a todos los efectos, sigue siendo su esposa. Ni siquiera puedo pronunciar esas palabras. Porque Lucrezia volverá, lo presiento. Pese a que es solo un pensamiento, siento una fuerte punzada en el corazón, de manera que me apresuro a apartarlo de mi mente. En este momento mi felicidad es tan plena y luminosa como la luna que diviso por la ventana. Ninguna sombra debe oscurecerla.

El cielo es una alfombra de estrellas cuando nos sentamos en la terraza para disfrutar de la brisa que llega del mar. Las luces del pueblo se están apagando, pero el volcán no se apaga nunca: emite chorros y borbotones que, con un ritmo incesante, aclaran el azul oscuro de la noche.

En el estéreo de la sala suena apaciblemente *Goodnight Lovers* de Depeche Mode. Leonardo canturrea siguiendo las notas, como le he oído hacer un sinfín de veces; es algo espontáneo, tierno, su forma de expresar una alegría simple, casi infantil. Y es adorable. Sonrío socarronamente sin que me vea, extiendo las piernas y las apoyo en la barandilla mirando el mar, negro con la noche al fondo. El Strombolicchio se erige solitario a lo lejos con su faro iluminado. A la claridad de la luna resulta majestuoso.

—Parece el guardián de Estrómboli —comento en voz alta.

—Sí... —concuerda Leonardo mirando el horizonte oscuro. Se vuelve y, escrutándome la cara, se levanta de golpe del banco. Me coge una mano y, como si estuviese pensando algo, me dice—: Ven conmigo.

Frunzo el entrecejo.

—¿Adónde?

—Ya verás. —Su pecho se hincha bajo la camisa—. Vamos, levántate.

Sonrío. A saber lo que tendrá en mente, pero por nada del mundo quiero hacerle esperar.

Poco después estamos surcando las suaves olas en la oscuridad a bordo de una pequeña zodiac, con la luna sobre nuestras cabezas y la isla de Estrómboli a nuestras espaldas. Navegamos hacia el Strombolicchio, Leonardo quiere llevarme allí. Al cabo de unos minutos llegamos al lugar que, hasta hace un instante, para mí era solo un sueño, una fantasía: el islote con las escarpadas escolleras y el faro, que proyecta en el horizonte su haz de color amarillo pálido.

Leonardo atraca la zodiac en la ensenada donde comienza la escalera de piedra que sube como una lengua engastada en la roca. Basta una mínima fuente de luz para moverse por aquí, así que Leonardo enciende la pequeña linterna que ha traído. Siempre piensa en todo y estos días me está transmitiendo una seguridad que nunca me infundió en mis meses de pasión en Venecia y Roma.

Visto de cerca, el escollo es mucho más grande de lo que parecía desde la terraza de casa y se cierne sobre nosotros como una especie de monstruo marino mitológico emergido de las aguas, amenazador y primitivo. Me siento minúscula y, después de todo lo que ha ocurrido esta noche, no sé si aún voy a tener fuerzas para escalar este majestuoso cono de roca. Sin contar con que, últimamente, no sé por qué, sufro un poco de vértigo; hace unos días que lo siento y, por suerte, se ha manifestado ahora y no cuando trabajaba en los frescos subida a un andamio. Siento ya el vacío en la barriga.

Leonardo me mira e intuyo su sonrisa en la penumbra.

—¿Te preocupa la subida?

—En absoluto —contesto, convencida—. Al contrario, no veo la hora de empezar. —En realidad estoy aterrorizada, pero no quiero que lo note.

—Son doscientos peldaños —me explica precediéndome con la linterna—. Pero cuando era pequeño contaba siempre alguno más.

—Hum… ¡Alentador! Un bonito desafío para alguien que acaba de recuperar el uso de una pierna. —Le cojo una mano para sentirme más segura. La barandilla de hierro es tan baja que a cada peldaño creo que me voy a caer. El panorama me va dejando sin aliento a medida que ascendemos.

—¿Cómo va la pierna? ¿Te duele? —me pregunta Leonardo.

—No, estoy de maravilla. —Con toda probabilidad, es mérito del aloe milagroso y de que de vez en cuando me paro para recuperar el aliento. Pero ahora la pierna no es lo que me preocupa, sino la distancia que me separa del mar. Pienso que desde aquí arriba el impacto podría ser mortal.

Al llegar a la cuarta rampa de escaleras miro hacia abajo y el mundo que queda a mis pies me parece minúsculo. Estrecho la mano de Leonardo, tan cálida y sólida, e intento mantener los ojos pegados a su espalda. En la cima se recortan dos espolones que parecen unos dragones caídos del cielo.

Unos peldaños más y hemos llegado, por fin. Arriba hay una amplia terraza bordeada de pretiles de piedra y al fondo, solitaria, destaca la torre blanca del faro.

Boqueo, pero el espectáculo es fantástico, estamos a cincuenta metros por encima del mar y a dos pasos del cielo.

Echo una última mirada al vacío que se abre a nuestros pies y que, ahora, me fascina. El mar es una inmensa extensión negra y mientras lo miro un escalofrío me recorre la espalda.

—¿No te parece maravilloso desde aquí arriba? —me pregunta Leonardo acercándose a mí.

—Sí, pero asusta un poco. —Me aferro a su costado instintivamente y él me atrapa entre sus brazos.

Después nos sentamos juntos en un cubo de piedra que hay bajo el faro. Leonardo se quita la camisa para secarse el sudor con el viento tibio de la noche. Mis ojos no pueden por menos que detenerse allí, en el tatuaje que está entre sus omóplatos torneados. Y con él se vuelve a asomar a mi mente la imagen de Lucrezia, justo donde la dejé hace poco.

Mi expresión debe de haber cambiado, porque Leonardo me escruta con aire inquisitivo.

—¿Qué pasa?

«Nada», me gustaría decirle, pero me muerdo los labios. En el fondo, no tengo ningún motivo para esconderme y no quiero que existan tabúes o cosas no dichas entre nosotros. Tarde o temprano tendremos que afrontar el tema de Lucrezia. Por eso decido hacerlo ahora.

—Pensaba en Lucrezia… ¿Has vuelto a saber algo de ella? ¿La volverás a ver?

Inspira hondo y se vuelve hacia mí apretándome una mano entre las suyas.

—Hace mucho que no hablo con ella, pero creo que tarde o temprano lo haré —responde con voz serena y mesurada—. Lucrezia es la mujer a la que quise durante muchos años y con la que compartí todo, lo bueno y lo malo. No puedo ni quiero borrarla de mi vida.

—Comprendo. —Aprieto ligeramente los labios.

—Lo que intento decirte, Elena, es que yo estaré a su lado cada vez que me necesite. Es una persona frágil, sumamente complicada, y no puedo abandonarla —prosigue, hundiendo sus ojos magnéticos en los míos—. Pero ya no la quiero, si es eso lo que quieres saber. Puedo tener por ella afecto, interés, dedicación…, pero el amor es otra cosa, ahora lo he comprendido.

—¿Y qué es? —le pregunto mirándolo intensamente.

—Eres tú. Es la posibilidad de abrirme a la vida que me ofreces. —Me da un beso en la frente—. Ya te lo he dicho, Elena. Estoy iniciando una nueva fase y no me resulta fácil, pero quiero intentarlo. Tú eres mi renacimiento.

—De acuerdo —susurro apoyando la frente en la suya—. Me fío de ti.

Somos dos náufragos que han arribado a la misma orilla, dos supervivientes que se tienden la mano.

—Mira. —Leonardo alza la barbilla hacia el cielo. El volcán está eructando en este instante, escupiendo chispas de fuego al azul del cielo.

—Nos está saludando —comento. Ya no me da miedo, como el primer día.

Leonardo me mira y, sonriendo, me lanza un desafío:

—La próxima subida que te espera es allí arriba, a las bocas del volcán.

—Acepto —digo buscando el calor entre sus brazos desnudos.

Me siento fuerte, ya nada me asusta. Estoy preparada para afrontar nuevas pruebas, porque mis miedos se han desvanecido en el fuego de nuestro amor.

Si Leonardo está conmigo, puedo hacer lo que sea.

11

Son unos días de maravillosa lentitud, de placeres perezosos y sensuales, los que estoy viviendo aquí con Leonardo. Las horas parecen hechas de nada y, en cambio, están llenas de sol, de mar, de comida, de palabras, pero, por encima de todo, de amor. Incluso trabajar —yo en mis bocetos y él en sus recetas— es un privilegio en este paraíso en el que el tiempo parece haberse detenido. Pero el futuro, sea el que sea, nos encontrará juntos.

De vez en cuando el volcán nos llama con un resoplido, como un gran animal impaciente. No tardaremos en marcharnos, pero no hay prisa; a pesar de que estoy completamente curada, mi pierna todavía necesita un poco de reposo.

La buena noticia es que, después de tantos días de padecer la frustración de mirar el mar sin poder entrar en él, hoy me he bañado por fin; sumergirme en el agua ha sido una liberación, un bautismo del verano, que aquí ha explotado ya, pese a que aún estamos en mayo. He estado a remojo casi una hora, nadando con precaución debido a la pierna y dejándome mecer por las olas. Ha bastado el contacto con esta agua límpida y fresca para revigorizar y tonificar un poco mi cuerpo, que ha estado adormecido durante demasiado tiempo.

Además, ayer Leonardo me hizo descubrir otro lado de Estrómboli, un lugar realmente mágico. Rodeamos la isla en barco hasta llegar a Ginostra, un pueblecito solitario de cuarenta almas al que solo se puede acceder por mar y cuyo puerto es el más pequeño del mundo. Fue como hacer un viaje al pasado: allí ni siquiera circulan las motos ni los motocarros; los mulos son el único medio de transporte y las lámparas de petróleo son casi el único sistema de iluminación. Solo unos pocos tienen luz eléctrica, que funciona con paneles solares.

Antes de abandonar el pueblo, Leonardo compró un gran dentón a un pescador que acababa de volver al puerto. Una vez en casa, lo asamos a la brasa y después lo aliñamos con una salsa de hierbas y especias.

Hace unos días empezó a enseñarme los rudimentos de la cocina y me está gustando, me estoy apasionando. La alergia que antes sentía por los fogones se está transformando en curiosidad por experimentar platos diferentes y conocer las materias primas. Él me confió que jamás había revelado sus secretos de chef, pero que conmigo había decidido saltarse esa regla. Debo aprender casi todo, pero me estoy aplicando; soy una buena alumna.

—Al igual que en el sexo y en el arte, en la cocina no basta con tener técnica, además hace falta instinto —me explicó con aire serio a la vez que abría el pescado y yo elegía los aromas para condimentarlo.

—Y también una pizca de locura, ¿no crees? —añado esparciendo en el plato el azahar de limón que acabo de coger en el jardín. Él me coge por el delantal y tira hacia sí.

—Creo que en ese ámbito ya eres una maestra…

Nos besamos, como si nuestros labios no se hubieran rozado en años, hasta que la cacerola con el agua para la pasta empieza a bullir reclamando con urgencia nuestra atención.

Después de cenar llegó la sorpresa. Mientras estábamos en la terraza, acurrucados mirando las estrellas, Leonardo se levantó de repente, entró en casa y luego volvió con un paquete. Lo desenvolví a toda prisa, curiosa como una niña; el regalo era una caja de acuarelas Schmincke Horadam, las mejores de las que están a la venta; que cuestan una fortuna, vaya.

—¿Dónde las has encontrado? —le pregunté atónita.

—Se las pedí a un amigo que iba a Messina. Tardaron un poco en llegar, pero aquí las tienes —respondió con una sonrisa apacible—. Así podrás acabar tus dibujos.

—Gracias, Leo. Son maravillosas… ¡No veo la hora! —Lo abracé, llena de agradecimiento y de una extraña ternura por él que nunca había experimentado. Luego me sumergí en la pintura hasta altas horas de la noche, hasta que, a eso de las cuatro de la madrugada, oí su respiración caliente en el cuello y sentí que sus manos me aferraban la cintura.

—¿Puedo robarte a las musas del arte? Te necesito allí y no puedo esperar más…

Como siempre, no pude resistirme a él y lo seguí al dormitorio.

En estos días soy un manojo de nervios: estoy pletórica, creativa, llena de energía y de ganas de hacer cosas; en una palabra, feliz. A mi felicidad, sin embargo, le falta una pieza: Gaia. No he vuelto a hablar con ella desde el día de su boda y la echo mucho de menos. La Elena de hace cierto tiempo, insatisfecha y agresiva, que fue capaz de escupir sin motivo veneno a su mejor amiga en un día tan importante para ella, me parece a años luz de distancia. El personaje en el que me había embutido se ha agotado: las relaciones superficiales y sin sentido, el sexo con desconocidos, las salidas locas y desenfrenadas son ahora un recuerdo borroso que no tiene nada que ver conmigo. Eran distracciones para engañarme a mí misma y a los demás y, pese a que era consciente de que iba por mal camino, no fui capaz de detenerme.

Pero ahora es distinto. Hace varios días que pienso en Gaia, me pregunto dónde se encontrará, qué estará haciendo, si será feliz con Belotti. Le hablo imaginando que le cuento mi cotidiano. Soy yo la que debe dar el primer paso y pedirle perdón, pero aún no he decidido cómo hacerlo. ¿Le escribo un correo electrónico? ¿Un SMS? Quizá sea mejor esperar hasta que nos veamos…

Se lo comento a Leonardo y él me aconseja que la llame por teléfono. Puede que sea poco poético, pero es indudable que, en este momento, es la manera más inmediata. Ya tendremos tiempo luego para vernos y hablar.

Así pues, una cálida mañana de finales de mayo, aprovechando que él ha salido a dar su habitual vuelta, me tumbo en la cama y busco el número de Gaia en la agenda. Mi corazón deja de latir por un instante mientras el iPhone establece la llamada. ¿Y si no me responde? ¿Y si no quiere volver a hablar conmigo en toda su vida? Neutralizo de inmediato mi lado melodramático.

—¿Ele? —contesta. Su voz es la de siempre, pese a que vibra ligeramente asombrada.

—Hola… —murmuro ovillándome en la cama.

—Caramba… ¡Cuánto tiempo!

No sé si está cabreada o contenta.

—Tengo que decirte una cosa, Gaia. —Tomo aliento—. Perdona. —Ya está, lo he hecho y me siento mejor—. Perdón, perdón, mil veces perdón…, la capulla que te arruinó la boda no era yo —me lamento con un hilo de voz.

—Deja de lloriquear, Ele —me ataja ella—. Te perdoné enseguida… Bueno, puede que no en ese momento, pero digamos que se me pasó enseguida. Te salvaste porque tenía otras cosas en qué pensar. Esa personita con el vestido blanco…, la iglesia…, las flores…, ¿te acuerdas? —Gaia suelta una carcajada—. Dime solo que ahora estás bien y que vuelves a ser tú, te lo ruego —concluye en tono grave.

Adoro a esta mujer. Sabe atribuir el peso justo a las cosas y minimizarlas.

—Sí, ahora estoy bien —respondo un poco desconcertada. No tengo mucho más que decirle: ella ha ido directamente al grano.

—Me alegro mucho de que me hayas llamado. No debería decírtelo, pero, de cualquier manera, si no me hubieses buscado tú lo habría hecho yo. Estaba dejando pasar el tiempo, tratando de comprender cuánto me ibas a hacer esperar. Pero los dedos me temblaban en el teléfono. No sabes cuántas veces he estado tentada de marcar tu número…

—Es que me daba vergüenza. —Es lo único que logro balbucear. Pero luego, por fin, me relajo extendiendo los brazos y las piernas en la cama—. ¿Cómo estás?

—Aún no acabo de darme cuenta…, pero, por ahora, la vida matrimonial no me parece tan mala.

—¿La convivencia con Belotti funciona?

—De maravilla, teniendo en cuenta que pasa la mayor parte del tiempo fuera de casa.

—Es cierto, está corriendo el Giro de Italia... Lo he leído en el periódico.

—La etapa de mañana termina en Cortina e iré a verlo, pero él no lo sabe. Quiero darle una sorpresa.

—¿Estás intentando boicotearle la carrera?

—Debe cumplir con sus deberes conyugales —dice. Salta a la vista que es una orden—. Ya le he advertido, es oficial: si lo hacemos menos de cuatro veces al mes, pediré el divorcio.

Me echo a reír.

—Pobre Samuel..., es un héroe trágico: dividido entre el amor por su mujer y por el ciclismo.

—¿Y no piensas en mi tragedia? —replica en un tono patético que no es propio de ella—. Me conoces: nunca he sido una tipa pegajosa..., pero con él es distinto. Querría que estuviese conmigo en todo momento, ¡cuanto más me rehúye más lo deseo! He caído por completo en el cliché. No me reconoces, lo sé.

—Pero ¡digo yo que tendrá algo que no soportes!

—Claro que sí. Muchas cosas... Cuando habla con la boca llena. O que quiera dormir con las ventanas abiertas de par en par cuando yo, en cambio, necesito que la oscuridad sea total. Por no hablar de su madre, que habla por los codos; es terrible. En cualquier caso, Ele, lo quiero y me volvería a casar con él cien veces más.

—Dios mío, Gaia, me estás provocando una diabetes. Basta.

—¿Se te había pasado por la imaginación que alguna vez me verías en este estado? —me pregunta, resignada.

—¡Jamás! —contesto risueña—. Pero ¿dónde estás ahora? —Oigo voces alrededor de ella.

—En el Rosso.

Lagrimita: es el local veneciano donde tomábamos el aperitivo.

—Acabo de pasar una tarde de compras con una clienta francesa. —Resopla como si hubiera estado trabajando en una mina—. ¿Y tú? ¿Cómo te va en Roma?

—La verdad es que estoy en Estrómboli...

—¿Cómo?

—Pues sí, lo que oyes. Y estoy con Leonardo. —Hundo la cabeza en los hombros esperando el estallido, como si acabase de lanzar una bomba.

—¿Con quién? ¿Con el señor «te quiero, pero no puedo»? —grita. Es una leona a punto de despedazar a un enemigo para defender a su cachorro.

—Vas un poco retrasada... Desde ese día han sucedido muchas cosas.

—¡Vamos, cuenta! —me anima.

—Tuve un accidente...

—¿Cómo? ¿Cuándo? Pero, coño, ¿por qué no me dijisteis nada? —exclama. Está furibunda.

—Todo sucedió tan deprisa..., poco después de tu boda. Creía que mi madre te lo había contado, pero, por lo que veo, por una vez no ha hablado, justo cuando no hacía falta que fuera discreta.

—No he vuelto a ver a Betta desde ese día —me dice sumamente preocupada—. ¿Y ahora? ¿Estás bien?

—Ahora sí. —Le cuento a grandes rasgos la pelea con Lucrezia (no tengo ganas de recordar ese espantoso paréntesis), después el accidente y las últimas novedades de mi nueva vida con Leonardo.

—Estás como una regadera, de todos modos… —me dice cuando concluyo—. ¡Tenías todas esas novedades que contarme y has esperado todo este tiempo a llamarme!

—¿Me perdonas? Ya sabes cómo es, las he ido acumulando para decírtelas todas de una vez.

Nos echamos a reír. A continuación Gaia exhala un profundo suspiro.

—¿Así que ahora Leonardo y tú estáis bien? Porque, si te vuelve a hacer sufrir, te juro que iré ahí y lo mataré.

—Jamás he sido tan feliz. —Y es cierto. Me gustaría gritárselo a todos y susurrárselo al oído a Leonardo, aunque estoy segura de que ya lo sabe.

—Bueno. —Parece más tranquila—. Una cosa, ¿has visto a Domenico y a Stefano en Estrómboli?

—¿A quién? —Pongo los ojos en blanco.

—Pero, bueno, ¿no lo sabes? Dolce y Gabbana… Tienen una casa allí. De vez en cuando organizan una fiesta e invitan a toda la jet set de la moda. Valdría la pena llamar a su puerta, ¿no?

Añoraba a muerte las píldoras de mundanidad de Gaia. Supongo que, después de haberse casado con Belotti, su círculo de relaciones públicas se habrá ampliado aún más.

—Claro, *tesoro*. Ya te contaré —le digo con socarronería—. Es que, ¿sabes?, Leonardo y yo tenemos otras cosas que hacer por la noche.

—Ah, ¿sí? Explícame que compromisos tenéis, Ele, porque no lo he entendido… —me pide maliciosa.

—¡Me encantaría que estuvieses aquí! —digo riéndome y hundiendo la cabeza en la almohada—. Tenemos que vernos en cuanto vuelva a Roma.

—¡Por supuesto! —exclama. Después su voz se dulcifica—: Te he echado mucho de menos, Ele.

—Yo también. —Miro instintivamente hacia la ventana, como si pudiese verla fuera.

—Hasta pronto. Un beso.

—Un beso para ti.

Si ahora estuviese aquí, le daría el abrazo con el que llevo tiempo soñando. Me siento mucho menos abrumada y me arrepiento de no haber tenido antes el valor de hacer esta llamada. Por fin la última pieza está en su sitio.

Y mi corazón se siente ligero ahora.

He recuperado a una amiga. A la mejor.

Leonardo y yo hemos decidido subir al volcán esta tarde para ver la puesta de sol. Es un poco arriesgado, dado que sigo sintiéndome medio inválida y que cuando regresemos será casi de noche, pero él me ha asegurado que vale la pena. Me despierto a eso de las cuatro, después de una siesta vigorizante. Me desentumezco y busco en el armario la ropa más apropiada para la empresa. Me siento ya una pequeña exploradora…, justo yo, que solo di un paseo por la montaña cuando era niña. Me pongo unos pantalones cortos y una camiseta de tirantes y me siento en la cama para ponerme los calcetines técnicos de media pierna y las botas de montaña (de las que se ha encargado Leonardo). Me cepillo el pelo y lo recojo en una coleta baja. Me enrollo a la cintura mi vieja sudadera Adidas y salgo de la habitación sin mirarme al espejo. La ropa deportiva me gusta por esto: no crea expectativas y no reserva sorpresas. Sirve para una finalidad. Punto.

Encuentro a Leonardo en la cocina vestido con una camiseta blanca, unas bermudas de varios bolsillos y unas botas. Está preparando dos mochilas, una para él y otra, más pequeña, para mí. Está de espaldas a mí y no puedo por menos que notar que los pantalones le sientan fenomenal. Lo abrazo por detrás colgándome de él.

—¡Eh! Buenos días a ti también —me saluda—. Si quieres, acabo de hacer café.

Me separo de él y voy a llenarme una buena taza con la esperanza de que me espabile. Después lo ayudo con los preparativos. Veo dos bastones de *trekking* extensibles en la mesa.

—¿Y eso? —pregunto.

—Son para ti, así no fuerzas demasiado la pierna.
—Empuña uno—. Veamos la altura —dice. Lo desen-
rosca hasta el suelo arrodillándose a mis pies—. Ya está,
a ciento veinte centímetros es perfecto.

—¿Me acabo de liberar de las muletas y ahora me
endilgas esos trastos? —protesto, escéptica—. Mira que
puedo ir sin ellos.

—No trato de minusvalorarte, pero te servirán en
la subida. Incluso los guías más expertos los usan. —Se
levanta acariciándome el costado izquierdo y luego me
besa en la nuca.

—¿Tú también los llevas? —pregunto sintiendo que
su beso ha acabado de despertar a mi cuerpo, aún entor-
pecido por el sueño.

—No, yo debo tener las manos libres —dice mientras las apoya en mi pecho.

—La cosa se está poniendo interesante… —le digo
en voz baja levantando los brazos para rodearle el cuello
y gozando de la sensación que me produce su barba en
la piel. Me apoyo del todo en él hasta sentir su sexo en
mi espalda.

—Estás muy sexy vestida de montañera —me susurra al oído torturándome el cuello con la lengua. ¡Dios
mío, no! Si me besa ahí me rindo sin oponer resistencia,
y él lo sabe de sobra. Mete una mano por mis pantalones
cortos y la empuja con suavidad por debajo de las bragas, en mi carne ya húmeda—. Hum…, me gusta que

siempre estés preparada para mí —murmura con una sonrisa que se refleja diabólica en el espejo de la pared.

Sonrío también.

—Es el efecto que me produces. ¿Qué le voy a hacer? —Le cojo la mano y la aparto de mi cuerpo, luego me vuelvo de golpe y lo beso con voracidad.

Él abre los labios para acoger mi lengua, pero de repente se separa y me obliga a pararme.

—Así basta.

—¿No estarás volviendo a empezar con la historia del castigo? —resoplo.

—No —responde riéndose—, pero es mejor conservar las fuerzas… No quiero que te desmayes en el trayecto por una bajada de tensión.

—¿Por quién me tomas? ¡No soy una mujercita frágil! —gruño dándole un pequeño puñetazo en el pecho.

Sonríe alzando las manos en señal de rendición, después me besa y me da una ligera palmada en el trasero.

—Vamos, coge la mochila, que es hora de marcharnos, *pequeña,* si no se hará tarde de verdad. Tardaremos tres horas en subir, llegaremos justo a tiempo para la puesta de sol.

Me llevo la mano abierta a la frente burlándome de él y me echo la mochila a la espalda.

—¡A sus órdenes, chef!

Cuando echamos a andar son casi las cinco de la tarde y el calor es aún sofocante. Salimos del pueblo y enfilamos un camino de tierra que, poco antes de la primera curva, nos castiga con una pendiente de infarto. ¿Podré con ella?

—Empezamos bien —comento sin ocultar mi preocupación.

—El primer tramo es el peor, pero después el camino se allana —me tranquiliza él desenganchando los bastones de la mochila. Después me los pasa abriéndolos a la altura correcta—. Ten, ayúdate con esto.

Debo reconocer que Leonardo tenía razón: con los bastones la subida es mucho más fácil. Miro hacia arriba, hacia la cima del Estrómboli, y un hilo de sudor frío se desliza por mi espalda. No conseguiré llegar hasta allí, lo sé; la pierna aún me duele de vez en cuando y, además, no estoy entrenada. Pero me niego a pensar en ello y hago acopio de todas mis fuerzas para seguir, porque, en el fondo, es lo que he deseado desde que puse el pie en esta isla: ver de cerca las bocas del volcán.

Al cabo de varios centenares de metros el camino se transforma en sendero, de manera que ya no es posible proseguir sin tropezar con alguna piedra. Tengo la impresión de estar peregrinando hacia el templo de una divinidad venerada desde hace siglos y a medida que subimos el aire se adensa con el humo y los vapores difundiendo a nuestro alrededor un olor casi místico.

«¡Vamos, Elena, no desistas!», me repito en silencio forzándome a no volverme nunca hacia atrás. Leonardo me precede, abriendo camino con paso experto, y cada dos minutos se vuelve para comprobar que yo sigo detrás de él, entera.

—¿Estás bien? —me pregunta de improviso al darse cuenta de que me he quedado rezagada varios metros. La culpa la tienen los bastones: uno se ha enganchado en el suelo y no he tropezado por un pelo.

—Sí —grito apretando el paso.

Me mira ladeando la cabeza.

—¿Quieres descansar un poco?

—Estoy de maravilla. Tengo varios años de alpinismo en las Dolomitas a mis espaldas —miento retándolo con una mirada firme. En realidad, dos excursiones a un refugio con mi padre cuando aún era adolescente.

—¿Intentas impresionarme? —pregunta socarrón.

—¿Por qué?, ¿lo he conseguido?

—No, en absoluto —responde secamente—. No malgastes fuelle, no te conviene: ¡aún nos queda mucho camino por hacer!

Le saco la lengua y él se echa a reír.

No sé por qué, pero después de haberme quedado sin aliento en la primera subida, ahora siento que tengo energía suficiente para escalar el Everest. Será el efecto Leonardo: cuando estoy con él olvido la fatiga, el dolor físico y todo me parece una fantástica aventura.

A medio camino hacemos una parada para beber y comer un poco. Nos sentamos al margen del sendero, en una roca lisa aún caliente por el sol.

Saco de su mochila el recipiente con la tarta de fruta que he preparado esta mañana.

—Veamos cómo te ha salido —dice él asumiendo un aire severo, propio de un crítico. Me está examinando, es oficial.

He seguido la receta de mi madre. Después de haber asistido durante años a la preparación de la tarta de Betta sin haber metido en ningún momento las manos en la masa, por fin he decidido arriesgarme.

Leonardo la prueba, la mastica con calma, con aire concentrado, mientras yo espero impaciente su juicio.

—¡Buena! —sentencia abriendo los ojos y sonriendo admirado—. Quizá debería haber estado un minuto menos en el horno —precisa. Solo faltaba que fuera del todo perfecta, pero, al menos, se ve que es sincero.

Disfruto de esta pequeña inyección de orgullo y la pruebo también.

—Hum, no es exactamente como la de Betta, pero es una imitación más que digna.

—Felicítala de mi parte —me dice cogiendo otro pedazo.

—Ahora que lo pienso, hace unos días que no hablo con mis padres… Debería llamarlos —comento—. Cuando llevo mucho tiempo sin conversar con ellos los echo de menos. Aunque después me basta un día en su compañía para sentir enseguida ganas de escapar. —Sonrío pensando en nuestros entreactos familiares.

Leonardo me escruta guiñando los ojos.

—Supongo que tus padres me odiarán por haberte traído conmigo. Querían que fueras con ellos a Venecia, ¿verdad?

—No eres tú el que me ha traído aquí —puntualizo—. Yo elegí venir contigo.

—*Touché*.

—Y me alegro de haber elegido lo mejor —le susurro rozándole los labios con un beso.

Acto seguido me pongo de pie y me desentumezco.

—¿Seguimos? ¡Estoy llena de energía!

—Fantástico… Entonces subamos, por ese lado. —Se levanta también y señala la bifurcación del terreno que hay a poca distancia—. Soplará viento, te lo advierto.

Me pongo el chubasquero amarillo fluorescente enrollando las mangas y sigo a Leonardo cogiéndole fuertemente una mano. Miro por un instante hacia abajo, hacia el pueblo, y reconozco las casas: parecen minúsculos dados blancos esparcidos en el negro de la tierra. No sé a qué altura estamos, pero estoy un poco mareada y siento el aire más pesado, hinchado por el viento cortante. Aun así, no me lamento, porque veo que nuestra meta se aproxima; lo único que debo hacer es calibrar bien las fuerzas.

Entretanto, el sol se está sumergiendo poco a poco en el mar. Asistir al ocaso desde aquí arriba es algo extraordinario, una fiesta de colores que colma la vista.

Cuando estamos llegando a la cima Leonardo se para en un punto escarpado en el que se abre un precipicio sobre el mar. Retrocedo unos pasos sintiendo que mis piernas flaquean. Ya está. El vértigo.

—Acércate, yo te sujeto. —Me coge la mano con dulzura y yo agarro confiada su brazo.

—Mira —apunta con el índice—, la Escoria del Fuego. —Es una pared de arena volcánica escarpada y ancha por donde se derraman las erupciones de los cráteres.

—Vista desde aquí es espectacular —comento respirando a duras penas. Parece la lengua del dios Vulcano surcada por unos bloques incandescentes de lava que ruedan hasta el fondo y caen al mar entre densas volutas de vapor y ráfagas de ceniza. Jamás he visto algo parecido.

Está anocheciendo y a medida que va oscureciendo el color rojo de la lava destaca cada vez más. Sin embargo, cuando llegamos a una de las bocas del volcán sufro un fugaz desfallecimiento; es como mirar en el vientre de la Tierra y sentir el vacío interior, un pánico que aturde la mente y el cuerpo. De repente se oye un ruido sordo, similar a un trueno. La tierra tiembla, una fuente de fuego se eleva hacia arriba y luego cae esparciendo una lluvia de lascas incandescentes. Es una visión que turba y aniquila.

Estoy sudada, eufórica, extasiada. La energía que sube desde la tierra reverbera en mi cuerpo y corre por debajo de mi piel, desde las piernas a la cabeza. Dejo los bastones y la mochila en el suelo, y me quito el chubasquero. Observo a Leonardo, que está a varios pasos de mí, de pie, con el pecho al aire y la camiseta enrollada al cuello a modo de bufanda. Mira el fuego y a continuación el horizonte, sus ojos brillan con unos reflejos rojos. Parece ensimismado. Luego, quizá porque ha notado que lo observo, se vuelve de golpe hacia mí. Tengo la impresión de que me llama con la mirada. Me acerco y él me abraza por la espalda. Permanecemos unos largos minutos contemplando, hechizados por el extraordinario espectáculo. En este momento sobran las palabras.

Una imagen atraviesa de improviso mi mente sin que pueda aferrarla. Quiero compartirla con él:

—Parece una herida abierta que nos deja ver cómo late el corazón de la Tierra.

Leonardo me estrecha aún más contra su cuerpo. La energía del suelo irrumpe a través del volcán y se mezcla con la de nuestros cuerpos amplificándola. Mis entrañas se encienden cuando Leonardo me lame el cuello, primero rozándolo lenta y profundamente, luego cada vez más nervioso. Me aferro a sus brazos y me apoyo en su pecho, desnudo y resbaladizo.

—Quiero hacer el amor aquí, cerca del corazón de la Tierra —me susurra al oído mordiéndome el lóbulo. Su voz es casi un rugido que se confunde con el fragor del volcán.

Cierro los ojos. Los ardientes estremecimientos que se deslizan por mi espalda y anidan rápidamente entre mis piernas son los del volcán que está frente a nosotros.

Busco su sexo y lo siento ya duro e impaciente bajo sus pantalones.

Leonardo se insinúa con una mano en mi escote acariciándome lentamente, a la vez que la otra se introduce en mis pantalones cortos. Sus dedos encuentran mi clítoris y empiezan a provocarlo. Mientras tanto, sus labios se hunden en el hueco que hay entre el cuello y el hombro, chupando como si fuera una fruta madura.

Después Leonardo me da la vuelta y me coge la cara con las manos. Sus ojos oscuros se clavan en los míos, arden de deseo y de algo más misterioso, ancestral: algo de lo que ahora no me puedo privar.

—No puedo resistirme —dice bajando un tirante de mi camiseta.

—Entonces no lo hagas —le digo quitándomela del todo. Me quedo desnuda de cintura para arriba, con la piel acariciada por el aire caliente que se eleva del cráter y de Leonardo.

Me suelta la coleta y sus manos se hunden en mi pelo a la vez que me masajea la cabeza. Me modela los pensamientos con sus dedos, como si fueran una masa, desencadenando en mí una sensación electrizante que, desde mi vientre, sube a mis labios.

Sus dedos resbalan ahora por mi nuca y me tiran del pelo obligándome a echar la cabeza hacia atrás. Mi cuello queda al descubierto, dispuesto a dejar que lo muerda. Gimo con fuerza cuando sus dientes rozan mi carne y su lengua recorre mi cuello. Luego se insinúa entre mis labios húmedos. Es un beso carnal y violento, un beso que sacude los sentidos. Leonardo me sujeta la cabeza con las dos manos, como si no quisiera dejarme escapar, al mismo tiempo que yo le acaricio las nalgas y empujo su pelvis contra la mía para sentir su deseo.

Me tumbo en el suelo y lo acojo entre las piernas, él se echa encima de mí con su pecho musculoso y sudado. La tierra oscura me rasca la espalda, quema, tiembla y descarga unas vibraciones que retumban en mí como si fuera una caja armónica. Leonardo me agarra la cintura y sube hasta el pecho apretándomelo con ferocidad. Siento una increíble sensación de vacío en la cabeza y a continuación me invade un olor embriagador, el olor de él, que se funde con el del volcán, ámbar mezclado con incienso. Cierra los labios en un pezón y lo chupa con sabiduría, lo lame y lo muerde hasta casi hacerme daño. Gimo al recibir los golpes perversos de su lengua. Lo miro, lo siento. Lo deseo con todas mis fuerzas.

Sin desviar los ojos de los míos, me desabrocha los pantalones cortos y los baja, después sus manos vuelven a subir por mis piernas hasta alcanzar las ingles. Me lame el ombligo y desciende arrastrándose como una serpiente. Me muerde las bragas y, como si fuera un animal hambriento, me las arranca. Siento que sus dientes se hunden en mi carne en llamas y que su lengua se insinúa en mi sexo, que ya late de deseo. Sumerjo las manos en su pelo y me agarro a él sin piedad para descargar el golpe de placer que me está desgarrando. Sus manos aprietan con fuerza mis muslos como si quisieran hacerme daño y después hurgan entre ellos. Sus dedos seguros se unen a la sensación suave y húmeda que me está regalando su lengua, coloreando con mil matices mi placer.

Leonardo emerge de nuevo, se baja los pantalones y, sin desnudarse del todo, libera su erección restregándola contra mi sexo, que se abre al instante para acogerlo. Lo deseo tanto que estoy gozando ya.

Leonardo me penetra, se hunde en mí emitiendo un gemido ronco. Un trueno irrumpe desde la tierra y las llamas iluminan el cielo. El Estrómboli se está desahogando, pero no tengo miedo; al contrario: siento que su fuego arde en mi interior. Unas potentes descargas de adrenalina corren por mis venas. Estoy al borde del orgasmo.

—Vamos, Elena, quiero sentirte —murmura.

Emite otro gemido y se hunde hasta el fondo, repetidamente, hasta que me pierdo del todo. Empiezo a temblar como la tierra. El orgasmo sale de mis entrañas, sacude imparable todos mis sentidos extendiéndose como una colada de lava.

Leonardo sigue empujando, sujetándome la cadera y apretándome las nalgas. Se está corriendo conmigo, ahora, ya. Nos deseamos demasiado, con una fuerza que nunca habíamos experimentado y que casi me asusta.

Me besa, sudado y jadeante.

—Te quiero, Elena.

Después se deja caer sobre mi pecho, entre mis brazos, con su sexo demorándose en el mío. No tengo fuerzas para abrir los ojos ni para mover la boca, pero un susurro sale de lo más profundo de mi interior:

—Te quiero, Leonardo. —Jamás he estado tan segura de algo en mi vida.

Permanecemos tumbados, enroscados el uno al otro. Ya no somos dos: nuestros cuerpos y nuestras almas se han fundido, entre ellos y con el mundo que nos rodea; son energía vibrante. Y nuestros corazones laten al unísono, con el corazón de la Tierra.

12

Quizá sea hora de salir del agua —observa Leonardo mirándose las yemas de los dedos, blancas y reblandecidas. Llevamos dentro más de una hora y casi nos hemos disuelto en el abrazo de este mar que, si bien no es muy caliente, resulta irresistible. Es un día magnífico de principios de junio y no deseo estar en ningún otro lugar del mundo. Leonardo me levanta por la cintura y me besa un hombro. A continuación me da un pequeño empujón en el trasero y juntos desafiamos de nuevo las olas.

Él se mueve con agilidad, dando unas brazadas poderosas y precisas, en tanto que a mí me cuesta seguirlo con mi estilo un tanto chapucero. En momentos como este me arrepiento de no haber aprendido a nadar mejor.

Pero el agua es un elemento en el que, desde que era niña, nunca me he sentido a gusto. A pesar de que el fondo oscuro se ve con toda claridad bajo este mar cristalino, el hecho de sumergirme me produce, en cualquier caso, cierta inquietud. De hecho, una de mis pesadillas más recurrentes cuando vivía en Venecia era que me caía a un canal y me ahogaba en sus turbias aguas negras. No es un sueño verosímil, porque en poco más de un metro de profundidad no se ahogaría ni un niño sin manguitos..., pero la psique es ingobernable.

Sea como sea, si estoy con Leonardo no tengo miedo de nada y bañarse en el mar es una inyección de energía para la mente y el cuerpo.

Llegamos a la playa y nos tumbamos en las toallas para secarnos.

—¡Este sitio es fantástico! —exclamo quitándome la goma del pelo mojado—. Estamos nosotros solos.

Pese a que está cerca de las casas, este tramo de costa es escarpado y salvaje, de una belleza intacta con sabor añejo.

—Sí, aún hay pocos turistas —comenta él pasándose las manos por el pelo y la barba mojados—. Y los habitantes de Estrómboli no vienen muy a menudo a la playa. ¿Sabes que muchos de ellos ni siquiera saben nadar? ¿No te parece cómico, viviendo en una isla?

Inclino la cabeza hacia él y sacudo el pelo salpicándolo.

—¿Y a ti quién te enseñó a nadar tan bien? —le pregunto.

—Mi padre. Era una especie de anfibio. Bajaba a unas profundidades increíbles en apnea, para coger erizos de mar. —Una sonrisa melancólica le dobla las comisuras de la boca—. A él le debo mi primer contacto con el agua. Recuerdo como si fuera hoy el día en que me cogió y me tiró al mar, donde no se hacía pie. Tenía cuatro años. —Una arruga se forma en el centro de su frente—. Él estaba allí, a mi lado, listo para intervenir, pero se quedó quieto fuera mirando cómo boqueaba hasta que aprendí a flotar. «En el mar y en la vida solo cuentas con tus fuerzas», decía siempre. Nunca he dejado de tener presentes esas palabras.

—De acuerdo, pero a veces lo mejor es aceptar la ayuda que nos brindan los demás —observo.

Él me mira con atención.

—Lo sé, pero eso me resulta aún más difícil de aprender.

Le acaricio la barba mojada. Es cierto: Leonardo está acostumbrado a arreglárselas solo y a cuidar a la persona que tiene a su lado, pero le cuesta ponerse en manos de alguien, dejar que sean los demás los que hagan algo por él. A saber si un día aprenderá. Será un desafío para mí enseñarle a tener confianza en el prójimo y a poner a un lado su orgullo.

Alzo la mirada y me pierdo en el azul terso del cielo exhalando un suspiro. Me siento feliz, me gustaría que todo esto no acabase nunca. Ya no pienso en el trabajo, en Paola ni en Roma; ahora solo me importa el presente. Porque él está conmigo.

Pese a que es abrasador, el sol nos acaricia la piel y la brisa que llega del mar es un bálsamo para nuestra dulce inactividad.

Leonardo se ha girado de lado. Con una mano sujeta la cabeza y con la otra escribe unos apuntes de cocina en un pequeño cuaderno a rayas que, embadurnado de tinta y de signos indescifrables, parece un manuscrito de alquimia. Cuando le bullen en la cabeza nuevas ideas se concentra por completo y es imposible sacarlo de su mundo. Pero ni siquiera con ese aire de primero de la clase su aspecto es menos sexy. Me gustaría hundir la cara en su pecho musculoso, que exhibe desnudo a mis ojos.

—Las ilustraciones están saliendo bien —dice de improviso dejando el bolígrafo.

—Sí, con los colores mejoran. —Me pongo las gafas de sol y apoyo los codos en la toalla echando la cabeza hacia atrás—. Creía que había perdido práctica con las acuarelas, pero la verdad es que me he sorprendido a mí misma.

—¿Sabes qué? —Me acaricia dulcemente la nariz con un dedo—. Me encanta que la cocina te esté apasionando.

—Pues sí, ¿quién me lo iba a decir? Cocinar siempre me había parecido una obligación, algo aburrido, pero hacerlo contigo me divierte. —Me acerco a él y le beso una comisura de la boca—. Pero ten cuidado, chef: quizá no tarde en superar al maestro —susurro.

Leonardo esboza una sonrisa divertida.

—Que no se te suban los humos a la cabeza —dice hundiendo la lengua entre mis labios.

Sus besos profundos tienen el poder de excitarme en un instante. No puedo resistirme a ellos.

—Mañana quiero enseñarte otro plato —anuncia convencido separándose de mi boca—. Pero antes tenemos que ir a recoger helicriso a la escollera.

—¿Qué es el helicriso? —pregunto como una colegiala curiosa.

—Es una flor silvestre de color amarillo oro, típica de las islas del sur de Italia—explica—. Se cogen los ramitos y se dejan secar. Son ideales para dar sabor al pollo, los arroces y algunos primeros platos; su aroma se parece al curry y al regaliz.

—Suena bien —comento deleitándome ya con el sabor y pienso en mis queridas e inseparables barritas de regaliz. No he vuelto a probar una desde que estoy aquí—. ¿Sabes reconocer las hierbas silvestres? —le pregunto a continuación.

—Por supuesto. Si quieres ser chef, es una de las primeras cosas que debes saber. Para cocinar bien hay que conocer todas las materias primas sin perder en ningún momento el contacto con la tierra —me explica levantando un puñado de arena negra.

Asiento con la cabeza, arrobada. Leonardo es así: vive en simbiosis con el mundo que lo circunda, con una armonía que yo, torpe y casi siempre incómoda entre los demás, siempre le he envidiado.

—Te vas a quemar la espalda —dice luego mirándome.

—Esperaba que me pusieses un poco más de crema solar —le digo sonriéndole con malicia, como una gata.

—Ya que me lo pides… —Me atraviesa con los ojos.

Sin dejar de sonreírle me doy la vuelta y me tumbo boca abajo. Él rebusca en la bolsa y saca un tubo de crema factor treinta. Mi piel es tan blanca que incluso después de varios días en la playa necesita una protección elevada.

Leonardo se arrodilla a mi lado, me aparta el pelo hacia delante, me desata el bikini y, lentamente, con dedos firmes y precisos, me unta de crema. Tiene las manos de oro, cada vez que toca un músculo de mi cuerpo, este se tensa y se relaja un segundo después proporcionándome una sensación celestial.

—Es fantástico, Leo —susurro con los brazos extendidos a los costados.

—¿Te gusta?

—A rabiar.

Él coge un poco más de crema y la extiende por mis piernas empezando por los tobillos y subiendo con un movimiento dulcísimo hasta los muslos. Me gustaría que no se detuviese nunca, pero, de golpe, sus manos se paran.

—Dios mío… —lo oigo susurrar—. ¿Qué demonios hace ella aquí?

—¿Ella? ¿Quién? —Levanto la cabeza tratando de salir de mi torpor.

A una decena de metros de nosotros, mis ojos divisan a Lucrezia. Nada más verla pienso que parece una Medusa que ha emergido de la arena, inmóvil y altiva. Luce un vestido playero de encaje blanco por encima de la rodilla y está morena. Su pelo, suelto por los hombros, se mueve con el viento como si fuera un nido lleno de serpientes y sus ojos profundos y oscuros rebosan rabia, odio, estupor. Se queda plantada en medio de la arena, con la expresión de quien asiste a un espectáculo inesperado y vergonzoso. En cuanto se da cuenta de que la estamos mirando, retrocede.

—¡Lucrezia! —Leonardo se pone en pie de un salto y da un paso hacia ella. Yo me apresuro a atarme el bikini en la espalda y me siento. Lucrezia recula de nuevo, después se da media vuelta y escapa farfullando algo incomprensible.

—¡Espera! —grita Leonardo a su espalda, pero ella echa a correr pateando la arena como un caballo encolerizado.

Me pongo de pie y me acerco a Leonardo buscando su mirada. Yo estoy consternada, él completamente turbado.

—No sé por qué ha venido aquí, pero, por desgracia, no se esperaba verme contigo —explica agitando las manos.

—Debes seguirla —lo espoleo sin vacilar.

Leonardo me aferra los hombros y me mira a los ojos.

—Tú, mientras tanto, ve a casa. Me reuniré contigo en cuanto la encuentre. No tardaré mucho, pero debo asegurarme de que está bien.

—De acuerdo, pero si hay algún problema llámame —le digo con la voz velada por la preocupación. No sé por qué, pero un triste presentimiento se ha abatido sobre mí de repente.

—No te preocupes. —Me da un beso en la frente y a continuación se precipita en la misma dirección en que Lucrezia ha desaparecido.

Con el corazón en un puño, recojo nuestras cosas, me ato el pareo encima del bikini aún húmedo y me dirijo hacia casa.

Habré recorrido este camino una decena de veces, lo conozco ya como la palma de mi mano, pero en este momento tengo la impresión de que no lo recuerdo. Camino con una lentitud extenuante, como si me costase mover las piernas, preguntándome qué debo esperar de la irrupción de Lucrezia. Estoy abrumada por las emociones, de forma que no logro comprender si estoy enfadada o atemorizada, pero una sola pregunta resuena implacable en mi cabeza: ¿por qué ha vuelto?

Cuanto más lo pienso más evidente me parece la respuesta, ineluctable en su claridad: ha venido a buscarlo, lo hará siempre, no permitirá que su matrimonio naufrague. Y yo no podré impedírselo.

Alzo los ojos hacia el volcán, que justo en este momento ha emitido uno de sus magníficos resoplidos.

Cuando los bajo de nuevo entreveo una figura a lo lejos, una mancha blanca y marrón que se recorta, lúgubre, en la cima de un escollo que cae a plomo sobre el mar: es Lucrezia. Está mirando hacia abajo, cerca del borde, condenadamente cerca.

Mido con la mirada la altura: serán unos cinco metros. La caída al agua no debería ser mortal…, suponiendo que sepa nadar. Un estremecimiento de terror recorre mi espina dorsal. Es evidente lo que se propone hacer. Debería avisar a Leonardo, pero no sé dónde está… No, no hay tiempo. Tengo que detenerla yo antes de que sea demasiado tarde. Aprieto el paso y trepo por la escollera. Debido al ímpetu, tropiezo con una piedra y me caigo; siento un dolor desgarrador en la pierna convaleciente, pero me fuerzo a no pensar en ello. Me levanto de nuevo y prosigo descalza, después de haber tirado la bolsa y las chanclas de cuero, que ruedan hacia abajo con un ruido sordo.

Lucrezia aún no me ha visto, pero yo puedo verla a ella. Está cada vez más cerca, ahora puedo distinguirla perfectamente. Intento llamarla desde donde estoy:

—¡Lucrezia!

No me oye. Grito de nuevo su nombre, con más fuerza.

En ese momento se vuelve, pero no abre la boca. Tiene las mejillas surcadas de lágrimas y sus ojos revelan un dolor profundo y visceral. Está temblando, tanto que parece que se vaya a romper de un momento a otro.

—Lucrezia…, Leonardo te está buscando —digo sin tomar aliento, con el tono más tranquilizador que logro simular.

—¡Vete! ¡Déjame en paz! —El suyo es un grito quebrado.

Está fuera de sí, es un animal herido dispuesto a todo. Me quedo paralizada unos segundos; el instinto me dice que la coja y la aleje del precipicio, pero su prohibición es un alambre de púas. Temo que si doy otro paso la incitaré a tirarse.

—Aléjate de ahí, te lo ruego. Hablemos —le digo intentando persuadirla.

—¿De qué quieres hablar? ¡Es evidente! ¿Sabes que he venido para pedirle que volviésemos a empezar, que volviese a casa…? ¡Soy una maldita estúpida! —Me fulmina con la mirada—. Maldita tú también. ¡Ojalá hubieses muerto cuando te atropelló ese coche!

—Siento que te hayas enterado así, pero te juro que Leonardo quería contártelo. —Apenas salen de mi boca, mis palabras pierden su significado, me doy cuenta. No hay nada que pueda aliviar un dolor tan absoluto y desesperado. Solo intento ganar tiempo.

Pero Lucrezia sigue con su desahogo, que es poco menos que un delirio.

—Ya no sé nada. Mi vida ya no tiene sentido, ¿qué puedo hacer con ella? —Su voz es desgarrada, me parte el corazón. Me mira con los ojos encendidos por una determinación disparatada—. La culpa es vuestra. ¡Me llevaréis siempre en la conciencia! —Diciendo esto, da un paso hacia el borde y amenaza con lanzarse al vacío. Un instante tan largo como una vida.

—¡Lucrezia, no! —Solo estoy a unos cuantos metros de ella, pero aun así no alcanzo a cogerla—. ¡No lo hagas! —grito a pleno pulmón.

Pero es inútil. Yo soy inútil y culpable. Lucrezia se da impulso hacia delante y en un instante la veo desaparecer por el borde del risco.

Me apresuro a asomarme. Las sienes me laten y las piernas me tiemblan mientras escruto las olas llamándola a voz en grito. Rezo suplicando al cielo que emerja, que su instinto de supervivencia prevalezca y la saque a flote, pero no la veo. Por un segundo la idea de salir corriendo para pedir auxilio pasa por mi mente, pero mi conciencia me grita que no hay tiempo. Estoy en primera línea, debo tirarme al agua, pese al jodido miedo que le tengo, a pesar del sudor frío y de las náuseas que atenazan mis entrañas. Visto desde aquí, el mar está a una distancia sideral y es oscuro, profundo, un abismo insidioso e inquietante, igual que en mis peores pesadillas. En escasos minutos este paraíso ha asumido los contornos de un paisaje apocalíptico. «No importa —me digo—, debo saltar. Vamos, Elena, no es momento para miedos».

Inspiro hondo, doy un paso hacia delante y me tiro a un vacío que parece infinito. Se enciende una luz, en un principio a lo lejos, luego cada vez más cerca: es el agua que me sale al encuentro. De manera que extiendo las piernas, levanto los brazos, cierro los ojos, contengo la respiración y, por fin, me sumerjo.

La gravedad me empuja abajo, hacia el fondo, y abro los ojos de inmediato aterrorizada por lo que puedo encontrarme. Es un mundo oscuro y silencioso, el fondo se ve ya a poca distancia. Estoy dentro del abismo, espantada, pero, a la vez, decidida a salvar a Lucrezia. El impulso del agua me devuelve a la superficie, pero yo muevo los brazos y las piernas para combatirlo. Con un golpe de riñones me sumerjo aún más hondo y me giro para ver el fondo. No se oye ningún ruido, solo los latidos de mi corazón.

Veo piedras, algas, peces pequeños que parecen escamas plateadas. ¿Habrá desaparecido? Subo poco a poco a la superficie para respirar y luego vuelvo a sumergirme. Tengo que encontrarla, no puede estar lejos. Esquivo un escollo y un instante después una mancha blanca aparece ante mis ojos: es ella, una medusa enorme, sinuosa y letal. Parece inconsciente.

«¡Dios mío, te lo ruego, que esté viva!».

La cojo por las axilas y, lo más rápido que puedo, la llevo a la superficie. Boqueo, los pulmones me arden en el pecho; ella está inmóvil, inerme en mis brazos. Le falta oxígeno y sospecho que podría tener también alguna costilla rota. Tengo que tener cuidado, pero al mismo tiempo debo salir lo antes posible del agua.

La agarro por detrás rodeándole la cintura con un brazo, como he visto hacer en muchas películas. Acto seguido hago acopio de todas mis fuerzas e intento acercarme a la orilla. Es una empresa sumamente dura para alguien que, como yo, no sabe nadar bien. Las olas me empujan hacia atrás, pero yo muevo las piernas como una loca hasta que mi corazón parece a punto de estallar.

Por suerte, tras rodear la escollera veo que se abre una ensenada con una pequeña playa. Nado en esa dirección obligándome a mantener la calma. Lucrezia es ligera, parece hecha de nada, y mis músculos aún no han cedido por completo. En un par de minutos toco fondo con los pies y, a continuación, la arrastro hacia atrás hasta que logro tumbarla en la orilla.

Jadeando me tiro sobre su cuerpo frío para escuchar su respiración, en caso de que todavía respire. No la oigo, debe de haber tragado mucha agua. Le subo los párpados y solo veo el blanco del globo ocular, lo que me aterroriza. Le cojo una mano, menuda y delgada, y busco el pulso con el pulgar. Siento una débil pulsación. Bien. Si su corazón sigue latiendo aún hay esperanza.

«Ánimo, Elena. Puedes conseguirlo. Solo debes recordar las maniobras justas». Han pasado varios años, pero ahora debes tratar de recordar la lección de primeros auxilios a la que asististe aburrida en el instituto. Repaso mentalmente los pasos de la respiración boca a boca y me pongo manos a la obra.

Lo primero que hay que hacer es alargar al máximo la cabeza. Me inclino sobre Lucrezia, le apoyo una mano bajo la nuca y empujo hacia arriba a la vez que con la otra presiono la frente hacia abajo. Le tapo la nariz con dos dedos para evitar que salga el aire, inspiro profundamente, pego mis labios a los suyos y soplo dentro con fuerza. Luego levanto la cabeza y compruebo si el tórax se mueve. ¡Maldita sea, no responde!

—¡Elena! —Un grito lejano se pierde en la playa. Es la voz de Leonardo. Por fin.

Lo veo arriba, en lo alto del risco.

—¡Leonardo! —grito desesperada gesticulando para que nos ayude.

Mientras él baja a toda prisa pruebo a hacer por segunda vez la respiración artificial, pero Lucrezia no reacciona y ya no siento los latidos.

Entretanto, Leonardo ha llegado. Lleva en la mano el BlackBerry y está llamando para pedir auxilio. No ha tardado nada o, al menos, eso me parece.

—No respira. —Estoy extenuada, tengo los ojos anegados en lágrimas—. Hagámosle un masaje cardiaco, por favor. Los socorristas podrían llegar demasiado tarde.

Leonardo se inclina hacia Lucrezia y le hace la respiración boca a boca. Después de que él le meta aire en los pulmones, yo apoyo la palma de la mano en el esternón de Lucrezia y, ayudándome con la otra, empiezo a presionar. Quince veces, luego vuelve a ser el turno de Leonardo. Sopla y mis manos se apresuran a presionar quince veces más.

Miro a Leonardo y él me mira a mí. Nunca lo he visto tan aturdido. Sus manos tiemblan sobre el cuerpo inerme de Lucrezia, sus ojos opacos buscan una respuesta en los míos.

—Sigamos —lo animo. No sé si servirá para algo, pero no sé qué otra cosa puedo hacer.

No puedo soportar verlo tan pálido y tenso. A pesar de que me siento desfallecer y de que me gustaría rendirme y romper a llorar, tengo que ser fuerte por él. «Resiste, Lucrezia —repito una y otra vez en mi fuero interno, como si fuera un mantra—. Resiste».

El helicóptero de la guardia costera llega mientras estoy sumida en estas reflexiones, a tiempo para devolvernos un poco de esperanza. Leonardo y yo alzamos la mirada al cielo. Pocos segundos después del aterrizaje dos paramédicos salen de la cabina y corren hacia nosotros transportando una camilla. Les explicamos lo que ha sucedido y ellos se precipitan sobre Lucrezia, la tumban en la camilla, le suministran los primeros auxilios y se la llevan al hospital de Messina.

Los miramos mientras se alejan; estamos vacíos, somos incapaces de decir ni hacer nada. Leonardo está frío y duro como la piedra. Cuando le acaricio un brazo, tengo la impresión de tocar una estatua. Después mi mano resbala hacia la suya y la estrecha con fuerza para restituirle un poco de calor.

«Estoy aquí contigo, amor mío. No te dejo».

13

Me asomo a la ventana y mientras espero a Leonardo observo la calle abarrotada de coches. Es una noche cálida, veraniega. En Messina se encienden las farolas y huele a jazmín, del puerto llega el ruido de los transbordadores. Es una ciudad que desconozco, que jamás habría imaginado que visitaría, y me siento extrañamente fuera de lugar, sin motivo; una mano caprichosa me ha arrancado violentamente de una isla de arena y silencio para abandonarme en una ciudad atestada y ruidosa.

Llevo aquí cinco días, desde que los del servicio de emergencias transportaron a Lucrezia al hospital en helicóptero. Leonardo y yo nos hemos trasladado provisionalmente a la casa en la que vivían cuando estaban casados. Él me pidió que lo siguiera y yo acepté sin pensármelo dos veces. ¿Qué otra cosa podía hacer? ¿Volver a Roma y dejarlo solo en un momento tan difícil? No lo habría abandonado bajo ningún concepto, aunque ahora sufro estando aquí, en el apartamento de ellos dos.

Lucrezia está viva, pero en el umbral entre este mundo y el otro. El golpe que sufrió al tirarse al mar le produjo un hematoma cerebral y un edema pulmonar agudo. Entró en coma durante el vuelo en helicóptero y ahora ningún médico se atreve a prometernos que se salvará.

Leonardo va y viene de casa al hospital, sin descanso. Está perdido en una vorágine de dolor que lo aleja de todo y de todos, una barrera que ni siquiera yo logro franquear. Apenas habla y pasa la mayor parte del tiempo angustiado, dándole vueltas a la cabeza él solo. Su cara me revela que se siente responsable y culpable de lo que sucedió; no se perdona haber herido a Lucrezia y haberla empujado a cometer ese acto desesperado. Me gustaría abrazarlo, aliviar su tormento, pero no sé cómo hacerlo, porque se guarda todas las emociones y, sobre todo, me mantiene al margen. Por eso tengo miedo: si me aleja, podría perderlo de nuevo. Pero debo ser fuerte y desechar las dudas y los estúpidos egoísmos ante los que cedo de vez en cuando. Ahora tengo otras prioridades. Leonardo necesita un refugio donde protegerse de sí mismo y de su dolor. Y yo tengo que ser ese lugar.

La puerta de entrada se abre tras de mí. Leonardo regresa del hospital tan pálido y rígido como una máscara de cera, tiene la cara demacrada y una expresión de profundo dolor. Me vuelvo y le salgo al encuentro corriendo.

—¿Cómo está Lucrezia? —le pregunto en el tono más dulce y discreto que puedo.

A estas alturas es ya un ritual y su respuesta es idéntica a la de todos los días.

—Como siempre —Veo que un nudo de preocupación se estrecha entre las arrugas que surcan su frente—. No mejora.

—¿Qué dicen los médicos?

—Lo de siempre. —Se encoge de hombros—. Que puede despertarse tanto dentro de una hora como dentro de un año, o de diez, o nunca.

—¿Le hablas cuando estás allí? Dicen que en estos casos el sonido de una voz familiar puede estimular el despertar.

—Claro que sí, Elena. —Sacude la cabeza—. Le hablo, le cojo la mano, pero tengo la impresión de que no sirve para nada —dice con rabia, frustrado por su impotencia.

—No pienses eso. —Le aferro los hombros buscando su mirada—. Estoy segura de que te oye.

Leonardo frunce el ceño y esboza una sonrisa llena de amargura.

—No sabes lo que daría por compartir tu confianza, pero en este momento solo tengo ganas de gritar y ni siquiera eso soy capaz de hacer.

Me esfuerzo por ser positiva, por pensar en lo mejor, pero tampoco es fácil para mí. Lo intento por él.

—Tienes que creer en ello, Leo; no te canses, haz que sienta que quieres que permanezca en este mundo.

Me mira impasible, como si mis palabras pasasen a su lado sin rozarlo. La angustia lo aprisiona.

No obstante, de repente me acaricia la cara y me mira con una dulzura desgarradora.

Me abraza sin decir palabra. En su abrazo siento, por fin, toda la gratitud, el cansancio y la necesidad de ponerse en manos de alguien por una vez. Leonardo apoya su frente en la mía y sus lágrimas, silenciosas, me mojan las mejillas.

—Gracias por lo que hiciste, por el valor que demostraste. Y gracias por estar aquí, por lo que sigues haciendo. Es duro estar ahora conmigo, lo sé. No encuentro nunca las palabras cuando se trata de hablar de mí, pero tú me conoces y…

—Chist. Basta —susurro tapándole la boca con los dedos—. No hay nada que agradecer. Me limité a hacer lo que había que hacer. Además, no puedo estar en ningún otro sitio que no sea a tu lado.

—Eres la primera persona en la que logro confiar por completo, con la que siento que puedo contar.

—Te quiero y permanecer a tu lado es la única manera que conozco de demostrártelo.

Me acaricia la frente con un beso que sabe a dolor y a agradecimiento. Después se separa lentamente de mí.

—Me voy a la cama, Elena. Sé que no voy a pegar ojo, pero al menos intentaré reposar.

—¿No quieres comer algo más? —le pregunto, preocupada. Estos días me he ocupado siempre de preparar la comida y la cena, porque él no tiene ganas de cocinar. Y, por lo visto, tampoco de comer—. Si te apetece, hay un poco de postre —propongo.

—Disculpa, pero no tengo hambre —replica con un hilo de voz.

Lo dejo ir, no tiene sentido insistir; me inspira una profunda ternura.

—Pero si luego vienes a dormir conmigo, me harás feliz —añade.

—Recojo la cocina y voy.

Lo miro desaparecer por la puerta con sus hombros, anchos y musculosos, encogidos bajo el peso del dolor.

Esta casa habla de Lucrezia en cada rincón: sus vestidos, los CD de música clásica, las joyas étnicas, incluso sus cigarrillos. A veces hasta tengo la impresión de percibir su olor, su voz, sus pasos afelpados, y es una presencia que me turba, pero a la que no tengo más remedio que enfrentarme. Después de todo, es como si estuviese invadiendo su espacio: los recuerdos, los instantes que solo les pertenecen a ella y a Leonardo. En la sala aún están las fotos de su boda: son muy jóvenes, él aparece sin barba pero con bigote y el pelo peinado hacia atrás, ella luce un moño romántico y sus ojos rebosan sensualidad y magia bajo el velo.

Tener que enfrentarme a diario con un pasado que parece imborrable es durísimo, pero en este momento lo que siento no cuenta.

Después de haber limpiado a toda prisa la cocina —aún no sé trabajar sin ensuciar como los grandes chefs— me reúno con Leonardo en la habitación. Está echado en la cama con el pecho desnudo, los ojos cerrados y las manos cruzadas bajo la cabeza. Aún no se ha dormido, lo intuyo por su respiración: su tórax se levanta de manera rítmica y sus ojos parecen moverse bajo los párpados.

Intentando no hacer ruido, me quito la ropa y la dejo sobre la silla. Me meto en la cama en bragas y sujetador y me acurruco a su lado.

—Por fin has venido —susurra buscando mi muslo con una mano.

Me vuelvo hacia él y le acaricio el pelo con dulzura.

—Si te pones boca abajo te doy un masaje.

—Me gustaría —suspira él—. Tengo la espalda destrozada —confiesa y se apresura a darse la vuelta.

—Lo sé —le deslizo un dedo por la nuca—, toda la tensión se acumula aquí.

Me arrodillo, encastrando su cintura entre mis piernas, y empiezo el masaje por la cabeza siguiendo el ritmo de mi respiración. Abro los dedos en abanico y le acaricio el cuero cabelludo con unos movimientos lentos y circulares, como si quisiera aquietar el flujo de sus pensamientos. Siento que se está relajando, de manera que apoyo las palmas abiertas y oprimo ligeramente contando hasta tres antes de soltarlo. Sigo así, recorriendo una línea imaginaria que va desde la coronilla al nacimiento del pelo. Leonardo gime levemente, sus músculos ceden. Se está abandonando y yo me regocijo pensando que puedo darle lo que le haga sentirse bien, aunque solo sea por un instante.

—Intenta relajarte, pon la mente en blanco —le susurro al oído a la vez que le revuelvo el pelo con la punta de los dedos. Quiero liberarlo, hacerle olvidar por unos minutos el caos que reina fuera.

Deslizo las manos por sus hombros vigorosos y trabajo con los pulgares, presionando y amasando su carne como si fuese arcilla. A continuación recorro su espalda con las palmas abiertas y, valiéndome también de los antebrazos, la masajeo primero con unos toques ligeros, luego más profundos. Subo y bajo, me muevo hacia los brazos, mis manos bailan y se entrelazan con las suyas en un fuego de energía palpable. Quiero a este hombre y haría lo que fuese para aligerar siquiera un gramo el pesar que anida en su alma.

Leonardo estrecha con dulzura mis manos.

—Lo necesitaba —murmura contra la almohada.

Le acaricio la espalda trazando un gran círculo, luego me tumbo de lado y dejo que él se vuelva hacia mí: sus ojos penetran los míos. No es una mirada cargada de atracción sexual, sino de algo que nos une aún más, algo que fluye invisible entre nosotros y que nos hace sentirnos como átomos de una misma molécula.

—Ese cuadro es precioso —comento inesperadamente señalando con la barbilla la pared que hay a su espalda. Es una *Anunciación* con una atmósfera que recuerda a la de las pinturas prerrafaelistas, uno de los magníficos lienzos oníricos y sensuales de Dante Gabriel Rossetti.

Él gira levemente la cabeza, mira el cuadro por un instante y se vuelve de nuevo hacia mí con una sonrisa en los labios.

—Me lo regalaron mis padres —explica conmovido.

—Me gusta mucho. Parece casi mágico —comento fascinada.

Me abraza acariciándome un hombro con la punta de los dedos, como si estuviese pensando algo y, al cabo de unos minutos, sentencia:

—Quiero que te lo lleves cuando volvamos a Roma.

—¿De verdad? —Me siento incómoda.

—Sí, Elena. —Me estrecha con fuerza con sus brazos—. Lo colgaremos en nuestra casa.

Esta declaración, hecha con la mayor naturalidad, supone una serie de implicaciones que casi me da miedo tomar en consideración. La aparto de mi mente con un ligero movimiento de la cabeza. «Ahora no, Elena».

Pegados como dos conchas, no tardamos en dormirnos, mecidos por la música de nuestras respiraciones.

Cuando Leonardo va al hospital me quedo en casa pintando o voy a hacer la compra al mercado del pescado y de la fruta. Messina es una ciudad muy vital, en todo momento se percibe un olor a mar que se aferra a la garganta y algo antiguo y decadente a lo que resulta imposible sustraerse. He entrado en la catedral un par de veces, y no solo para visitarla con ojos de restauradora. Pese a que hace tiempo que cerré las puertas a la fe, he rezado para que todo esto acabe pronto y Lucrezia vuelva a la vida mejor que antes. Por ella, por Leonardo y por mí.

Esta mañana estoy pintando con suma fatiga una de las ilustraciones del recetario: los macarrones a la eoliana, que Leonardo cocinó muchas veces cuando estábamos en Estrómboli.

Una bonita luz se filtra por las puertas acristaladas; es perfecta para pintar, pero yo no estoy inspirada, mi mano no es estable, el color chorrea, las formas me rehúyen. Mi cabeza es un hervidero y, teniendo en cuenta que él lleva muchos días sin cocinar, solo recuerdo vagamente los platos que salían de sus manos.

Sumerjo el pincel en el vaso de agua y me levanto para salir a tomar un poco el aire. En ese instante suena el teléfono. Es él.

—Leo —contesto.

—Hay novedades, Elena. —Si bien logró captar cierto alivio en su tono de voz, no sé qué esperarme.

—Dime, te escucho.

—Lucrezia se ha despertado. —Su voz vibra ahora de profunda emoción. Él sonríe de nuevo, lo sé, lo siento, pese a que no puedo verlo.

—¿En serio?

—Sí, Elena. Abrió los ojos hace una hora, pero antes de llamarte quería hablar con los médicos.

—¡Dios mío, no sabes cuánto me alegro! —exclamo eufórica y conmovida mientras siento que una lágrima involuntaria resbala por una de mis mejillas—. Pero ahora ¿cómo está?

—Está bien, fuera de peligro. Me quedo un poco más aquí y luego vuelvo a casa. Nos vemos esta noche.

—De acuerdo, hasta luego.

Cuelgo sonriendo. Me siento tan ligera como una pluma. De repente me han entrado ganas de bailar.

En los dos días siguientes Leonardo parece haber renacido. Pese a que no ha dejado de ir y venir del hospital, ahora lo hace con un ánimo diferente. Es un placer verlo vivo de nuevo.

Yo me informo sin cesar de la salud de Lucrezia; sé que puede parecer extraño, pero me gustaría ir a verla, solo que no me atrevo a decírselo.

No obstante, una noche Leonardo me anuncia que ella me quiere ver:

—Ha preguntado por ti, dice que quiere hablar contigo. ¿Te apetece?

Al principio el hecho me deja un poco perpleja, pero después pienso que nuestro encuentro es inevitable y que, además, es el verdadero motivo por el que he resistido aquí, al lado de Leonardo, todos estos días.

—De acuerdo —contesto—. Mañana te acompañaré al hospital.

La sala de espera de la sección de terapia intensiva tiene las paredes pintadas de color amarillo y unos silloncitos verdes de plástico, incómodos a más no poder y un tanto tristes. Hace apenas unos minutos que me he sentado aquí a esperar y siento ya un sudor frío en el cuerpo. Leonardo ha ido a anunciar a Lucrezia mi llegada. La idea de tener que verla me agita sobremanera. Si bien fui yo la que la salvé y la que ha rezado para que se curara, ahora tengo miedo: no quiero sufrir por más tiempo las consecuencias del mal que le atenaza el alma. Cojo un periódico que alguien ha dejado sobre la mesa; es de ayer, pero empiezo a hojearlo de todas formas, más para distraerme que para leer de verdad las noticias. No funciona. Una vorágine de pensamientos contradictorios e indomables ocupa por completo mi mente. ¿Por qué querrá verme? No dejo de preguntármelo y las respuestas son cada vez más inquietantes.

Leonardo se asoma a la puerta.

—Ven, Elena. —Me indica con un ademán que me levante—. Lucrezia te espera.

—¿Quiere verme a solas? —le pregunto acercándome a él. Asiente con la cabeza—. Los médicos no quieren que haya más de una persona en la habitación —me explica—. Y Lucrezia quiere hablar solo contigo por el momento.

—De acuerdo —acepto titubeante.

Leonardo me abre la puerta de la habitación y me da una palmada en la espalda como si quisiera animarme. Inspiro hondo y entro de puntillas.

—Permiso —digo en voz baja.

La habitación está en penumbra, envuelta en un denso silencio. El único ruido que se oye es el del monitor que vigila los latidos de su corazón, que basta por sí solo para colmar el vacío.

—Entra, Elena. —Lucrezia levanta el brazo sin gotero y me hace un ademán para que me aproxime.

Parece otra mujer. En su rostro no queda un ápice de arrogancia ni de maldad, ni de rencor; solo una extraña fijeza que confiere un aspecto trágico y descompuesto a sus facciones.

Me acerco a la cama. No sé qué decir ni qué hacer, de forma que espero a que sea ella la que hable en primer lugar. De hecho, es ella la que ha querido que viniese.

—Supongo que no esperas que te dé las gracias —me dice a bocajarro con voz débil pero firme.

Sus labios forman una línea dura y en su tono me parece percibir cierto reproche. Me esfuerzo por encontrar una respuesta, pero, antes de que me decida a hablar, ella prosigue:

—¿Sabes? Cuando me tiré de ese risco estaba realmente decidida a morir, jamás me habría imaginado que alguien, y no digamos tú, me salvaría. Has dado al traste con mis planes, Elena.

—Supongo que no esperarás que me disculpe.

Sonríe, puede que sorprendida por mi descaro. Es una mujer que ha conservado intacto el sentido de la ironía, pese a todo lo que ha pasado.

—No, por supuesto que no.

—Me alegro, porque yo estoy convencida de que hice lo que debía. Preferiría que tú también lo vieses así, pero no soy yo la que debe convencerte.

—¿Por qué? —me pregunta mirándome con sus ojos, tan negros como la noche—. ¿Por qué lo hiciste? ¿Por qué arriesgaste la vida por mí? ¿Quieres que viva?

—No hay el menor rastro de gratitud o simpatía ni en su voz ni en sus rasgos: quiere comprender.

—No lo sé. Creo que la vida de Leonardo y, por tanto, también la mía habrían sido peores si hubieses logrado matarte como pretendías.

—De hecho, eso era justo lo que quería: arruinaros la existencia. Cuando os vi juntos en la playa no pude resistirlo. Me sentí prisionera de un instinto trastornado y pensé que la única manera de castigar vuestro amor era matarme. —Su mirada se fija en un punto imaginario, muy lejos de aquí.

Permanecemos un buen rato en silencio, después Lucrezia regresa de los lugares oscuros en los que se ha refugiado y me observa. Me escruta la cara, las manos, la ropa. Parece que esté buscando algo. En apenas unos segundos ha cambiado, su mirada es ahora fogosa y viva, da la impresión de que en sus ojos ha prendido una nueva esperanza.

—Es extraño —dice de repente, absorta—. Creía que te odiaba, pero ahora me doy cuenta de que no puedo. Y casi es más difícil así, porque sin el odio me siento perdida, vacía.

—Lo siento. Yo…

—Olvídalo, Elena —me interrumpe con brusquedad. Esta mujer es imprevisible, tanto en sus humores como en sus decisiones, no alcanzo a imaginar lo que habrá supuesto para Leonardo vivir a su lado—. No quiero consuelos, no quiero que nadie me compadezca. —Traga saliva y contrae la frente pesarosa—. ¿Sabes una cosa, Elena? Hace años que me psicoanalizo y me someto a tratamientos psiquiátricos y, por fin, he comprendido que la causa de mi mal no sois ni tú ni Leonardo; yo llevo dentro ese mal y nadie puede hacer nada. A veces pierdo el control, a veces no consigo dominar las emociones y descargo mi energía de forma violenta. Siento la necesidad de hacer daño, a mí misma y a los demás. —Se interrumpe y pliega los labios en una especie de sonrisa cargada de dolor, amargura y resignación—. Esta es, al menos, la versión de los médicos. A mí, en cambio, me cuesta definirme como «loca». Lo que me da miedo no son las palabras.

La escucho incrédula e íntimamente conmovida. En esa cama, Lucrezia, tan pequeña, pálida y tensa, parece soportar un peso excesivo, desproporcionado para su delgadez.

—En estos días, después de haber abierto los ojos y de haberme dado cuenta de lo que hice, he comprendido otra cosa: todo esto no tiene nada que ver con el amor. Lo que siento es puro egoísmo, puede que instinto de posesión; hace tiempo que no quiero a Leonardo, al igual que él tampoco me quiere. A pesar de que un hilo invisible nos unirá siempre —admite exhalando un profundo suspiro, como si pretendiese restablecer un equilibrio en su interior—. He tenido que tocar fondo, en todos los sentidos, para llegar a un punto sin retorno. Y lo cierto es que a veces pienso que habrías hecho bien dejándome allí, en los abismos. A partir de ahora mi vida no será nada fácil; no lo ha sido hasta ahora y seguirá siendo una gran fatiga. Pero tengo una batalla que combatir y debo hacerlo sola, no puedo esperar que sea Leonardo el que lo haga en mi lugar. Él ya ha hecho mucho y ahora se merece reposar, ser feliz, y puede que a tu lado lo consiga.

Baja los ojos, como si sintiese pudor por lo que acaba de decir. Dejo vagar la mirada, turbada, casi incapaz de acoger sus palabras.

—¿Y tú podrás ser feliz sin él? —le pregunto con la voz quebrada.

—No lo sé —se encoge de hombros—, pero debo intentarlo.

—Sabes que Leonardo te apoyará siempre, ¿verdad? —le pregunto al instante.

—Sí, lo sé.

Veo que alza un poco la mano hacia mí, se la cojo y la estrecho. Es su manera de reconciliarse conmigo, sellando un pacto mudo: somos dos mujeres que el destino ha hecho coincidir y enfrentarse, pero que ahora han dejado de hacerse daño.

Me encamino hacia la puerta y antes de salir me vuelvo una vez más. Ella me saluda con un ademán de la cabeza.

—Cuídate, Elena, y cuida también de él.

La miro, pero no encuentro la voz para contestarle. Le sonrío y salgo antes de que pueda ver mis ojos brillantes.

Leonardo está esperándome fuera de la habitación. Está de pie, con la espalda apoyada en el pasamanos, la mirada encendida y los labios entreabiertos, como si ya supiese lo que ha ocurrido.

Extiende los brazos y yo me deslizo hacia él y me abandono en su pecho. Por fin puedo llorar; mis lágrimas son de angustia y alivio a la vez.

Todo ha terminado. Nuestra vida puede comenzar.

14

Es el primer día de verano y el cielo de Roma, visto desde la terraza de nuestra casa, parece una cúpula azul infinita.

Antes de volver de Messina Leonardo me pidió que me mudara a su casa, a su ático en el Trastévere. Es el primer piso que compartimos y aún no acabo de creérmelo; ahora somos oficialmente una pareja. Casi me da miedo pronunciar esa palabra. No hemos dejado de ser unos amantes que desafían las reglas, con Leonardo ni siquiera es una opción, pero lo que resulta magnífico es que ya no debemos escondernos, ni siquiera de nosotros mismos. Podemos decirnos «te quiero» delante de todos, por fin, y eso es precisamente lo que estamos haciendo estos días, en una suerte de ritual liberador.

Esta noche damos una fiesta para nuestros amigos más queridos. Me he pasado toda la tarde cocinando con él y preparando la terraza como si se tratase de un gran evento: por todas partes hay festones de flores y tul, guirnaldas de hierbas aromáticas, farolillos que encenderemos cuando oscurezca y el cielo esté tachonado de estrellas.

Mientras compruebo que todo está en su sitio, oigo el zumbido inconfundible de la Ducati. Dejo en el suelo la maceta que estaba moviendo y me asomo por la barandilla para saludar con la mano a mi Leo. Él aparca en la explanada que hay delante del edificio, se quita el casco y me mira regalándome una de sus sonrisas de vértigo. Parece increíble, pero cuanto más tiempo pasa más me gusta ese hombre. Y más lo deseo.

—¿Me abres la puerta? —grita bajando de la moto y descargando unas bolsas de papel.

—¿Has comprado el vino? —le respondo yo.

—Por supuesto… —Si bien no puedo verlo bien desde aquí, intuyo una sonrisita misteriosa en sus labios. ¿Qué me estará escondiendo? Entro corriendo para abrirle.

Leonardo entra, deja la carga alcohólica en el suelo y, rodeándome la cintura con un brazo, me da un sabroso beso en los labios.

—Tengo una sorpresa para ti.

¡Así que no me equivocaba! Me suelta y saca algo del bolsillo de su cazadora de motorista. Es un libro.

—¡Dios mío! —exclamo—. ¡Tu libro de recetas!

—Nuestro libro —me corrige él—. Es solo un adelanto, un ejemplar en pruebas, como me han dicho en la editorial; dentro de un mes estaremos en las librerías, amor mío.

—Es precioso. —Lo cojo como si fuese un valioso manuscrito medieval, incrédula, observándolo por todas partes, hasta el menor detalle.

La cubierta es sencilla, pero produce su efecto: en un fondo claro aparece la imagen de una granada con un corte rojo vivo del que caen unos cuantos granos. El símbolo de nuestra historia, el fruto con el que comenzó todo, ese día hace un año y medio que ahora me parece sumamente remoto.

Lo abro y veo que en la portada aparece mi nombre bajo el de Leonardo, el autor. «Con ilustraciones de Elena Volpe», leo en voz alta, boquiabierta.

Él me abraza por detrás y apoya la barbilla en mi hombro.

—Tus ilustraciones son preciosas —me dice invitándome a mirarlas.

Hojeo las páginas y examino mis dibujos uno a uno; gracias a la impresión, que es magnífica, los colores han ganado en viveza. Al lado de cada uno de ellos figura la descripción del plato que representan.

—Caramba…, qué bien lo hemos hecho —digo risueña.

—Más que un libro de recetas parece un catálogo de arte —comenta él.

Me vuelve a besar empujándome contra la mesa de la cocina, donde, hasta hace poco, estaba preparando un tiramisú de coco. Me he convertido en una cocinera autónoma. Leonardo se separa de mí y mira el caos de sartenes y utensilios que yacen en la encimera.

—Has sido muy mala, Elena —me susurra al oído—. No hay manera de meterte en la cabeza la regla del orden en la cocina… Me veo obligado a castigarte por eso —me reprocha.

Me encojo de hombros esbozando una sonrisita de culpabilidad. Leonardo hunde dos dedos en el cuenco de crema que ha sobrado y se los mete en la boca para probarla.

—Veamos cómo va el resto —dice arqueando una ceja.

—No te soporto cuando te haces el sabihondo —replico apoyando los puños en las caderas.

—Nada mal —sentencia después de haberse lamido los labios. ¿Cómo puedo enfadarme con un juez tan sexy?

—¿La has metido en la nevera?

—Claro que sí.

—Muy bien. —Me da una ligera palmada en el trasero—. ¿Y cómo vas con el resto? —pregunta mirando alrededor. La cocina está patas arriba.

—Vamos muy retrasados —confieso—. Los entrantes y el segundo están casi listos, pero aún queda por preparar la pasta. —Alzo los ojos al cielo mostrando una sonrisa socarrona—. Esperaba la llegada del chef para eso.

—Ya sabes que el chef se limita a dar el toque final —me provoca pellizcándome en un costado.

—Me temo que esta vez tendrá que encargarse también de *los preliminares* —replico pinchándome el costado con el índice.

En ese momento la radio emite las notas de un tango desgarrador de los Gotan Project. Leonardo ladea la cabeza, me sonríe diabólicamente y me tiende una mano. Lo secundo apoyándome en sus hombros musculosos, envueltos en la camiseta blanca, y me dejo transportar por su cuerpo sinuoso. No sé dónde ha aprendido a bailar, pero el caso es que lo hace muy bien, al punto que, guiada por él, tengo la impresión de ser menos desastrosa. Me obliga a hacer un ocho, después me acompaña en un *casqué* y me besa mientras me levanta. Nuestras lenguas se entrelazan a la vez que nuestras manos se estrechan con fuerza. Nos sonreímos, después nuestras bocas se separan y él me obliga a ejecutar un nuevo giro susurrándome al oído la letra de la canción. Su acento español es perfecto e irresistible.

Cuando la canción termina estamos sin aliento. Un silencio cargado de tensión erótica se instala entre nosotros. Leonardo me empuja contra la isla de mármol que hay en el centro de la cocina. Me mira a los ojos y no necesito que hable para comprender lo que debe decirme: me desea tanto como yo lo deseo a él.

—¿Ahora? —le pregunto aferrándome a su cuello—. Nuestros amigos están a punto de llegar. —Y yo aún debo cambiarme, porque de esta guisa —tengo el vestido manchado de chocolate y el pelo lleno de harina— estoy impresentable.

—Eso significa que tendrán que esperar un poco —murmura.

Acto seguido hunde de nuevo el dedo en la crema del tiramisú y me la extiende por la boca trazando una línea horizontal que se apresura a borrar pasando la lengua por encima.

Mis labios, impacientes, se abren para acoger los suyos. Siento en el paladar el sabor de la crema mezclado con el de él, salvaje. Leonardo me levanta agarrándome los muslos y me sienta en la encimera. Me levanta el vestido dejando a la vista las bragas. Después, apretándome la espalda con una mano, me atrae hacia él. Rodeo su cintura con mis piernas y siento su erección cerca de mi sexo, mojado ya por el deseo que provoca en mí.

Nos volvemos a besar, esta vez con más ímpetu, como dos amantes que se conocen desde hace mucho tiempo pero que todavía tienen una infinidad de cosas que contarse con sus cuerpos. Un tirante del vestido resbala y Leonardo me aferra un pecho y lo chupa torturándome dulcemente el pezón con unos movimientos ligeros de la lengua y los dientes. Le desabrocho el cinturón y la bragueta liberando su apremiante deseo. Echo la cabeza hacia atrás, extasiada por esta agonía, y dejo caer la espalda en la isla de mármol. Aparto con una mano la cestita de naranjas rojas, que ruedan por el suelo, semejantes a unas bolas de fuego. Leonardo está encima de mí, sus ojos negros y ardientes se clavan en los míos. Su mano se insinúa bajo las bragas y se hunde sin vacilar en mi sexo a la vez que me sigue lamiendo el pezón con la lengua. El deseo me invade sin que pueda controlarlo. Le cojo la cabeza y la aprieto contra mi cuerpo.

Él me lanza su respiración excitada y me tortura sin cesar el encaje de las bragas, tirando y frotando mi sexo con él.

Suelto un pequeño grito.

—¡Arráncalas! —le ordeno mordiéndome el labio.

—¿Qué? —Leonardo tira del encaje con más fuerza, fingiendo que no me ha entendido.

—Arráncalas, te lo ruego —repito gimiendo.

Una sonrisita endemoniada se dibuja en sus labios a la vez que el tejido se desgarra en sus manos y las bragas caen al suelo.

Leonardo se quita los calzoncillos y los vaqueros a la vez y, tirando de mis rodillas, me penetra lentamente. Estoy húmeda y caliente, como él me desea y como estoy, de forma inevitable, cada vez que se acerca a mí.

Nos besamos de nuevo. Pone una mano bajo mis nalgas y, con un impulso, me levanta de la encimera. Lo tengo dentro de mí y, agarrándome a su cuello, dejo que me coja en brazos. Me mantiene así unos minutos, con su mirada en la mía, su sexo en el mío. Sus besos son ahora más dulces, delicados, de una ternura atormentadora.

—Eres guapísima, Elena.

De repente, me empuja contra la pila. Mi culo resbala por el acero frío, pero no me importa, porque mi carne solo siente el calor que emana de él.

Se separa de mí de golpe.

—Lámeme, siente tu sabor —me suplica.

Y yo no puedo por menos que arrodillarme y acogerlo en mi boca; lo chupo, a él y al deseo que me suscita este hombre al que adoro por encima de todo.

Lo lamo con ardor hasta que sale de mis labios para regresar a mi interior. Me rodea la cintura por detrás con una mano y apoya la otra en la encimera como si pretendiese conferir un poco de estabilidad a nuestro equilibrio precario. Los impulsos aumentan, seguros y potentes. Intento aferrarme a la pila, pero, de improviso, mi mano tropieza con el grifo. El chorro de agua fría me azota la espalda. Soy estremecimientos y pasión.

—¡Ay! —gimo con fuerza debido a la sensación inesperada que recorre mi cuerpo. Frío y calor, agua en la piel, fuego ardiendo en mi interior.

Leonardo coge un poco de agua con una mano y me la pasa por la cara y los senos regalándome una emoción celestial. No voy a poder resistir mucho más. Lo aparto por un instante y resbalo al suelo.

—Ahora por detrás —digo resuelta; me giro y apoyo las manos en la pila arqueándome como una gata.

—Oh, sí, Elena, así me gustas —gruñe atrayéndome hacia él. Su voz me atraviesa los oídos y me llega directa al corazón.

Me levanta rápidamente el vestido mojado y entrelaza su mano con la mía apretándola contra el mármol. Luego me lame la espalda, arañándome la piel con el pendiente, y mete su sexo duro en el mío, líquido y abierto.

—Muérdeme —le imploro conteniendo un gemido. Quiero sentir su deseo en mi piel.

Hunde los dientes en mi cuello, a continuación en el hombro y aumenta la velocidad de su empuje.

Grito sin poderme dominar.

—Me voy a correr —le digo susurrando.

—Aún no —dice él saliendo de repente de mí y dejándome aturdida e insatisfecha.

Me acaricia de nuevo las nalgas, después me arranca el vestido, me coge en brazos y me lleva a nuestra habitación. Me echa sobre las sábanas de seda. Es nuestra primera cama y a mis ojos sigue envuelta en esa especie de sacralidad que reviste todas las cosas importantes.

Leonardo se tumba sobre mí, guiñando los ojos y con un deseo irrefrenable que liberar. Me penetra con un impulso rudo y perfecto.

Lo miro, miro su cara, tan agraciada, miro la *Anunciación* que cuelga de la pared, el cuadro que nos trajimos de Messina. Después cierro los ojos y dejo que nuestros sexos combatan una lucha que es puro amor. Nos besamos con intensidad. Leonardo empuja, resbala dentro y fuera, arriba y abajo, luego en profundidad, cada vez más fuerte. Gime. Siento que su sexo golpea mi piel y que naufraga en mi interior. No lo resisto más. Un orgasmo llega como una ola misteriosa que, partiendo de lejos, sube hasta alcanzar mi cabeza y hace temblar todo mi cuerpo. Su semen se difunde caliente por mi carne húmeda y yo estallo, me despedazo bajo sus brazos en unas invisibles esquirlas de éxtasis.

Leonardo se derrumba sobre mí adhiriendo su cuerpo sudado al mío.

—Te quiero, Elena —susurra en mi oído.

Respiro.

—Te quiero, Leo. —Pese a que no me asusta decirlo, no deja de ser algo inmenso, algo que en cada ocasión me hace sentirme pequeña y me quita el aliento.

Permanecemos un rato en la cama, envueltos en la frescura y el aroma de las sábanas, disfrutando del ruido que nos llega de la calle y de la música de nuestras respiraciones. Después volvemos a buscarnos con las manos, con la boca, incluso con el sexo; la pasión que fluye entre nosotros es un fuego vivo que nunca se apaga. Cuando nos disponemos a hacerlo de nuevo, el timbre de un SMS nos detiene. Cojo mi iPhone de la mesilla y leo en voz alta:

> ¡Estamos en el taxi! Llegamos dentro de un cuarto de hora. Besos

—Son Gaia y Samuel —comunico a Leonardo. Acto seguido miro la hora en el teléfono y veo que son casi las ocho. Tengo que arreglarme —¡aún no he elegido qué vestido ponerme!— y además hay que cocinar la pasta. ¿Por qué perdemos siempre la noción del tiempo cuando hacemos el amor?—. ¡Es tardísimo, Leo! —digo con una expresión desesperada poniéndole el iPhone bajo los ojos.

Él parece divertido.

—Relájate, Elena… ¡Nada de angustias! Pareces Ugo, mi ayudante, que vive en un estado de pánico perenne —comenta riéndose—. Vamos, ve a arreglarte —dice en el tono más tranquilizador del mundo—. Yo pensaré en lo demás. —Me guiña un ojo como si quisiera decir: «Eres un desastre, pero también te quiero por eso».

Corro al cuarto de baño, me doy una ducha veloz y trato de secarme lo mejor que puedo el pelo, que, claro está, no se deja peinar. Así pues, no me queda más remedio que decantarme por un *look* mojado, entre otras cosas para ahorrar tiempo. Mientras Leonardo sale del otro cuarto de baño, ya vestido, afeitado y perfumado —¿por qué los hombres tardan siempre tan poco?—, me sumerjo en el guardarropa a la caza de un vestido adecuado y, al final, elijo un Lacoste a rayitas blancas y azules. Será una velada informal, la única que aparece siempre arreglada a más no poder es Gaia. Pero la reina de las tendencias ha sido advertida:

—¡No te presentes con los zancos o no te dejaré entrar! —la amenacé el otro día por teléfono.

—¡Iré con quince centímetros de tacón, Ele! —contestó ella antes de que nos echásemos a reír como locas. No veo la hora de volver a verla.

Mientras me pongo el rímel oigo sonar el telefonillo. ¡¿Ya?! Los recién casados se han dado prisa.

—¿Vas tú, Leo? Te lo ruego —le grito desde el baño.

—De acuerdo —dice mientras oigo un ruido de platos y sartenes de fondo. A saber lo que estará haciendo...

Cuando abre la puerta reconozco una voz femenina que no es la de Gaia; me asomo y veo a Paola con Monique, su novia. Pues bien, sí, ¡ya es oficial! Las acompaña una chica más joven. A juzgar por el parecido, podría ser la hermana de Monique.

—Llegamos con un poco de adelanto —se disculpa Paola—. ¿Hemos interrumpido algo? —me pregunta observándome con una mirada maliciosa.

¿Se me nota tanto en la cara que acabo de hacer el amor?

—De eso nada, estábamos cocinando. —Simulo el apuro esbozando una sonrisa.

—Te presento a Valérie —me dice ella señalándome a la recién llegada.

—Es mi hermana —explica Monique.

Valerie da un paso hacia delante y me estrecha la mano.

—*Bonsoir* —dice a modo de saludo. Debe de tener unos veinte años, poco más. Es una morenita muy mona con la tez clara y las facciones finas. Lleva una melena de paje asimétrica y unos pendientes en forma de calavera.

—Ha llegado hoy de París y se quedará unos días en Roma —prosigue Monique—. No quería dejarla sola en casa; espero que no haya problema…

—¿Bromeas? Me alegro de que haya venido. —No sé si Valérie entiende italiano, pero creo que ha captado el sentido de mi frase, porque a sus labios se asoma una tímida sonrisa.

—Venid, poneos cómodas. —Las guío hasta la terraza.

Dejo a las tres sentadas a la mesa que he puesto fuera. El telefonillo vuelve a sonar. Esta vez es Gaia, seguro: mi amiga aún no ha perdido el vicio de apretar el botón durante diez segundos ininterrumpidos.

Voy a abrir preparándome psicológicamente para el gran acontecimiento. Si pienso que la última vez que nos vimos ella iba vestida de novia y yo de testigo y que estuve en un tris de hacer naufragar para siempre la amistad de toda una vida, se me ponen los pelos de punta. Pero, después de que hablásemos por teléfono y nos reconciliásemos, parece que ese día —mejor dicho, mi comportamiento imperdonable de ese día— ha quedado enterrado en el olvido y que todo vuelve a ser como en los viejos tiempos. Seguimos siendo uña y carne, como siempre. Y seguiremos siéndolo.

Abro la puerta y me dejo embestir por el ciclón. Abrazo a Gaia con todas mis fuerzas; este abrazo contiene todo lo que no nos hemos dicho en los últimos dos meses. Nos miramos, emocionadas como dos crías, y casi nos echamos a llorar de alegría. Después ella me da una palmadita en un hombro.

—Nada de escenas lacrimógenas, ¿eh? ¡Mi maquillaje no es resistente al agua! —Nos reímos enseguida y la conmoción se desvanece por la euforia que nos produce volver a vernos.

Saludo a Samuel con dos besos en las mejillas. Los observo admirada: están guapísimos. Él lleva unas bermudas hasta la rodilla y un polo de color blanco; parece un golfista, en lugar de un as del ciclismo. Ella, con unas zapatillas de deporte, unos vaqueros pirata ceñidos, una camiseta de tirantes de rayas enorme y unas Ray-Ban de color rosa fluorescente metidas en el pelo, recuerda a una de esas modelos que aparecen en los reportajes de ambiente *underground* que conoce al dedillo, dado que está suscrita a todas las revistas de moda imaginables.

—Vamos, entrad. No os quedéis plantados en la puerta —digo.

—¡Qué casa tan bonita, Ele! —comenta Gaia.

—Es mérito de Leonardo, que tiene mucho gusto.

—¡Aquí está nuestro chef! —dice ella al verlo inclinado sobre los fogones—. ¡Debe de hacer más de un año que no nos vemos!

Leonardo baja el fuego y se acerca a nosotros. Saluda a Gaia besándole una mano y haciendo una pequeña inclinación.

—Señora... —dice en el tono que reserva para las grandes ocasiones. A continuación estrecha la mano de Samuel—. ¡Enhorabuena! ¡Es un gran honor tener a cenar a un *maglia rosa!* Eres el primer ganador del Giro que se sienta a mi mesa.

—Gracias. —Belotti esboza su sonrisa de portada—. Tú también eres más bien famoso, chef. Y creo que ya sé por qué —añade al ver la hilera de entrantes que hay sobre la mesa.

—Esto..., mira que eso lo he preparado yo —preciso con un toque de orgullo.

Gaia abre desmesuradamente los ojos.

—No me lo puedo creer... ¡¿Te has puesto a cocinar?!

—Digamos que intento robarle un poco el oficio. —Lanzo a Leonardo una mirada de complicidad, que él me devuelve de inmediato—. ¿Y tú, desgraciada, aún no te has hecho a la idea de convertirte en una buena mujercita de su casa? —bromeo dándole un pellizco en la cintura.

Samuel niega con la cabeza, desmoralizado.

—La última vez que intentó hacer un asado de carne estuvimos a punto de llamar a los bomberos.

—¡Exagerado! —le regaña Gaia—. Solo estaba demasiado hecho.

—Por supuesto, cariño —corrobora él condescendiente rodeándole los hombros con un brazo y dándole un beso en la frente. Después me hace una mueca sugiriéndome que no la crea.

—Te he visto, ¿sabes? —lo amenaza ella, pero su atención ha recaído ya en otra cosa—. ¿Puedo echar un vistazo al piso, Ele? —pregunta después de haber entrado en la zona de los dormitorios.

—Por supuesto, te acompaño —contesto—. Pero deprisa, la comida está casi lista; comemos fuera.

Después de dar una vuelta por el apartamento, Gaia y su marido salen a la terraza y entablan conversación con las chicas. Entretanto llega también Antonio, el socio de Leonardo, con su nueva compañera, Marina, una rubia que, a primera vista, me parece muy simpática.

Poco después vuelve a sonar el telefonillo; es Martino, mi héroe romántico. Me alegro infinitamente de volver a verlo. Parece distinto de lo habitual, su aspecto es más sofisticado: se ha cortado el mechón, pero se ha dejado crecer un poco de barba y se ha hecho un nuevo piercing en la ceja que, si he de ser franca, le favorece mucho. Martino es una de esas personas que se encuentran pocas veces en la vida y que se llevan siempre en el corazón. En parte le debo también estar viviendo ahora en esta casa con Leonardo. Si él no lo hubiese llamado el día del accidente, quizá ahora todo sería distinto. O tal vez el destino habría encontrado de todas formas la manera de que nuestros caminos se volvieran a cruzar. Quién sabe… Sea como sea, Martino será para siempre mi amuleto y Leonardo lo sabe y lo respeta.

Entra en casa con su andar desgarbado, que me vuelve loca, saluda a Leonardo estrechándole la mano y a mí con dos tímidos besos en las mejillas. Tan cortado como siempre. Le echo los brazos al cuello y él, entonces, se relaja un poco y me abraza levantándome un poco del suelo. Cuando me vuelve a bajar parece más desenvuelto.

—¡Vamos, ven a hacerme un poco de compañía en la cocina! —le digo arrastrándole de una mano y sentándolo en un taburete.

—Es increíble, te has convertido en una experta cocinera —comenta mordiendo la croqueta que le he ofrecido.

—Creo que lo que mejor me sale son los dulces. Ya verás el tiramisú de coco, ¡es una bomba!

—No veo la hora de probarlo…

Después de tirarle de la lengua y de obligarle a contarme los últimos acontecimientos de su vida, que, por desgracia, en el terreno sentimental sigue siendo una página en blanco, voy a coger el libro de recetas y se lo enseño ufana.

—Vamos, sé sincero…, ¿qué te parece? —le pregunto. Estoy deseando saber lo que piensa sobre las ilustraciones. En el fondo, es del gremio.

Martino hojea las páginas sinceramente admirado.

—¿De verdad son tuyas?

—Sí. Empecé cuando estaba en Estrómboli, casi para pasar el rato, pero luego les cogí el gusto… Entonces, ¿qué piensas?

—Estoy asombrado. Eres muy buena, Elena.

—¿Puedo verlas yo también? —pregunta Gaia, que en ese momento llega procedente de la terraza. Es increíble: es capaz de contonearse incluso cuando va calzada con un par de zapatillas de deporte... ¡Cuánto debo aprender aún de ella!

—Te presento a Gaia, mi mejor amiga —digo conteniendo a duras penas una sonrisa.

—¿La que se casó en Venecia? —me pregunta Martino.

—La misma que viste y calza —se adelanta ella—. Y tú debes de ser Martino, ¿verdad? —le pregunta mirándome y guiñándome un ojo. «Qué bueno está», leo impreso en mayúsculas sobre su cabeza. Y a continuación: «Si este es el motivo por el que llegaste tarde a mi boda, *¡respect, baby!*». Lo está pensando, no me queda la menor duda.

—Sí, encantado —dice Martino dándole dos besos en las mejillas.

Gaia me da un pellizco en el culo.

—Oye, ahí fuera piden más entrantes —me comunica. Luego dice a Martino—: Te conviene ir antes de que arramblen con todo.

—¡Enseguida! —Se precipita hacia la terraza, donde Valérie es la primera que lo saluda. Los tímidos se entienden entre ellos. Eso fue lo que pensé el día en que conocí a Martino.

—¿Quieres echarme una mano con los entrantes? —pregunto a Gaia...

—Si insistes…

—¡Insisto! —confirmo en tono amenazador.

Ella levanta los brazos en señal de rendición y se aproxima a la isla de mármol.

—Vamos, deja ya de hacerte la tímida, que no te va, y cuéntame algo —insisto a la vez que divido en pequeñas porciones las berenjenas a la parmesana.

—¿Qué quieres que te cuente?

—No sé…, cómo es estar casada con un campeón, por ejemplo.

—El día de la última etapa del Giro fue increíble… ¡Deberías haber visto a Samuel llorando de alegría en el podio, vestido con la *maglia rosa!* Hasta yo, que tengo el corazón de piedra, me conmoví —sonríe enternecida—, pero a partir de ese momento se acabó la paz y empezó la pesadilla de las entrevistas, las fiestas y las reuniones con los patrocinadores. Ya sabes que no tengo un pelo de tímida…, pero cuando es demasiado es demasiado, y ya no aguanto más, te lo juro —me cuenta con aire atormentado, pero su cara se vuelve a iluminar enseguida con una sonrisa—. Pero ya queda poco, dentro de una semana nos vamos a una isla griega, los dos solos, a disfrutar de un poco de tranquilidad. Lo estoy deseando. —Tiene los ojos en forma de corazón—. Ahora que se han acabado las carreras y puedo pasar un poco más de tiempo con él me siento la mujer más feliz del mundo. Te lo juro, Ele.

Le guiño un ojo y luego me agacho para echar un vistazo al horno. Saco la bandeja y se la paso.

—Vamos, córtame este *sfogghiu.*

—¿Este qué? —pregunta Gaia estupefacta—. ¿Te estás volviendo sícula? —pregunta burlona remedando espantosamente el acento siciliano.

—Se llama así, idiota: ¡es una torta de queso!

—Hum, qué bien huele…

—También la he hecho yo —presumo haciendo ademán de pulirme el pecho.

—¿Ya no te acuerdas de que prometimos luchar por la causa de las feministas alejadas de los fogones, Ele? Eres una traidora ¡y no me has dicho nada hasta ahora!

—He sacrificado los grandes ideales al amor —me justifico como una actriz consumada.

Cuando salimos a la terraza con las bandejas de los nuevos entrantes, la atmósfera estival es mágica: en el cielo de Roma han aparecido las primeras estrellas y Leonardo ha encendido los farolillos. Está confabulando con Samuel, a saber qué se estarán contando con ese aire de conspiradores. Martino, por su parte, está sirviendo un poco de vino a Valérie, con la que no deja de hablar en francés, al punto que me parece percibir cierta sintonía entre ellos. Paola y Monique, seguidas de Antonio y Marina, me felicitan por el libro de recetas y, después de prometerme que lo comprarán, me piden ya que se lo dedique.

Es maravilloso estar aquí, con ellos y con Leo; casi tengo ganas de echarme a cantar, pero quizá sea mejor que no les haga sufrir con mi voz chillona de corneja.

—¡Hay que hacer un brindis! —propone Gaia, que, como de costumbre, me ha leído el pensamiento.

Los aplausos de los presentes me indican que es una idea estupenda, de forma que Leonardo descorcha la botella de las grandes ocasiones, un Feuillatte Palmes d'Or, y da la vuelta a la mesa llenando las copas.

—¡Por el verano, para que sea fantástico y esté lleno de sorpresas para todos! —exclama alzando la suya.

—¡Y por vosotros, que sois siempre magníficos! —respondo yo guiñando un ojo.

Mientras las copas tintinean al chocar, miro a mis amigos uno a uno: a Gaia, que ahora sonríe y le roba un beso a su marido; a Paola, que contempla una estrella abrazando estrechamente a Monique.

Y luego a Martino, quien por fin ha hecho acopio de valor y está mirando a Valérie a los ojos a la vez que le acaricia con timidez una mano. La felicidad de cada uno de ellos tiene el aroma del amor y se mezcla con la mía.

Dicen que cuando uno es feliz ve las cosas más bonitas y que su forma de mirar el mundo refleja los colores de su alma.

Es cierto, ahora tengo la prueba.

Miro a Leonardo. Nuestras bocas se rozan y nuestros ojos se sonríen.

Mi felicidad está aquí.

No puedo pedirle más a la vida.

15

Son ya altas horas de la noche y la fiesta acaba de terminar. Gaia y Samuel han sido los últimos en marcharse, hace unos minutos, y estoy agotada. Pero, al menos, me gustaría recoger la terraza antes de irme a dormir, porque por la mañana estoy siempre hecha polvo y encontrar la casa patas arriba no es, desde luego, la mejor forma de iniciar el día.

Apenas formulo este pensamiento doméstico, Leonardo aparece en la sala con las cazadoras y los cascos.

—¿Te queda un poco de energía para mí? —me pregunta con una expresión fresca en la cara, como si se acabase de levantar de la cama.

Lo miro pasmada.

—¿Para hacer qué? —Pese a que son casi las cuatro de la madrugada y estoy muriéndome de sueño, no puedo por menos que reconocer que la idea de dar una vuelta en moto a estas horas me estimula.

—Quiero llevarte a un sitio —contesta él.

—¿Está lejos?

—No, no te preocupes. A una hora de aquí.

—Supongo que no servirá de nada pedirte más detalles…

—¿Tú que crees? —Me amenaza con los ojos sonriendo.

—Me temo que no.

Llegamos a Terracina al amanecer. Nunca he estado en este rincón del paraíso y en la emoción que experimento en este momento se mezclan el estupor y la gratitud por el maravilloso espectáculo que se abre ante mis ojos: el antiguo templo romano de Júpiter está enclavado en la cima de un precipicio y el panorama que se disfruta desde aquí es uno de los más hermosos del Tirreno. De una sola mirada se puede abrazar toda la costa de Ulises, del Circeo a Gaeta.

La roca en la que estamos sentados tiene dos mil años de antigüedad. Parece increíble, casi da vértigo. El aroma de la piedra se mezcla con el del mar, el de las hierbas silvestres, el de la retama y el de nuestra piel. Y ahora las luces de la noche se apagan para dejar espacio a las del día.

—Es el momento perfecto —susurra Leonardo mirando alrededor con los ojos entornados y una expresión complacida.

Asiento con la cabeza. Desde que regresamos a Roma hemos vivido una sucesión de momentos perfectos: nuestra casa, despertarnos juntos, esperar a que regrese por la noche, el libro de recetas en el que hemos colaborado… y, como colofón, la última restauración de la que Paola me ha hablado esta noche, en la que quiere que participe.

Leonardo me abraza y apoya mi cabeza en su hombro. Observa el cielo y casi parece que reflexiona en voz alta:

—¿Sabes, Elena? Últimamente pienso en lo mucho que mi vida ha cambiado desde que nos conocimos. Nunca he tenido demasiadas certezas, siempre he vivido día a día, pero ahora, cuando pienso en el futuro no me parece tan extraño imaginármelo a tu lado. —Una sonrisa amplia y serena se asoma a sus labios.

A continuación rebusca en un bolsillo de la cazadora y saca un saquito de raso azul oscuro con dos anillos de oro blanco dentro. Levanto la cabeza y lo miro atónita. No puedo creerme que esto esté sucediendo de verdad. Leonardo pone un anillo en el que está grabado el nombre «Elena» en cursiva en mi mano, a la vez que sujeta en la suya el otro, que, a diferencia del mío, lleva su nombre, «Leonardo».

—Nunca te lo he dicho, Elena, y quiero que lo sepas ahora. —Inspira hondo, como si se dispusiese a decir algo inconmensurable—. En ti me he encontrado a mí mismo. He visto todo lo que nunca habría querido ver en mí: mis fragilidades, mis sentimientos de culpa, mi deseo incontrolable que hiere a los demás y me consume por dentro. No obstante, a través de tus ojos he podido mirar más allá de todas mis limitaciones. —Respira de nuevo—. Quiero pasar todos los días de mi vida contigo —suelta de un tirón—. Y si tú también lo deseas, permite que mi nombre permanezca para siempre en tu piel.

Es evidente que lo quiero. Con todas mis fuerzas. Su declaración, inesperada, me deja sin palabras, tengo ganas de reír y llorar al mismo tiempo. Las manos me empiezan a temblar. Jamás he puesto un anillo en el dedo a otra persona y, pensándolo bien, nadie me ha puesto un anillo a mí. ¿Nos estamos casando? En cierto sentido sí, y lo estamos haciendo, ni más ni menos, delante de Júpiter, el señor del Olimpo. El nuestro es un pacto no escrito, sino sellado con el corazón y, por ello, aún más indisoluble.

Le pongo el anillo en el dedo.

—Lo deseo. Soy tuya, Leo. Para siempre. —Luego le tiendo la mano.

Él la coge con dulzura y, en un instante, su nombre envuelve mi piel. Su gesto es mucho más firme que el mío.

—Tuyo para siempre. —Me besa en la boca—. Nosotros para siempre.

Me estrecho contra su cuerpo, mi cara pegada a la suya. Nuestros dedos se entrelazan, los anillos se rozan.

Somos realmente *nosotros,* ahora.

Y, vayamos donde vayamos, siempre estaremos juntos.

Tres años después

A las diez de la mañana la playa del Lido de Venecia sigue sumida en el silencio. Desde la cabaña de los baños Excelsior, echada en una tumbona blanca y gozando de un relax absoluto, puedo oír el ruido del mar y los débiles gritos de las gaviotas que pelean en la orilla. Una melodía difusa se expande desde la terraza del hotel a la vez que una brisa ligera me acaricia la piel.

Leonardo y yo nos alojamos aquí una semana. Mis padres lo adoran, sobre todo mi madre, pese a que aún le cuesta aceptar que un hombre se desenvuelva mejor que ella en la cocina. Las noches anteriores hemos salido a menudo: Venecia en julio es tan bonita y está tan llena de vida que uno se pasaría la vida en la calle. Hemos visto a muchos amigos que no frecuentábamos desde hacía

tiempo. También a Filippo. Ha sido un encuentro sose-
gado y sincero; sigue siendo una de las personas a las que
siempre querré y sé que este afecto es recíproco. Solo
necesitábamos un poco de tiempo para que la herida ci-
catrizase. Reconozco que fue doloroso para los dos, pero era la única manera de liberarnos el uno del otro y de
permitir que nuestras vidas siguiesen su curso. Filippo
está realmente feliz por mí y yo también lo estoy por él.
Sé que ahora vive con Arianna, la chica con quien lo vi
la noche de la despedida de soltera de Gaia, y me parece
que el amor que los une es verdadero.

A Gaia, en cambio, la veremos dentro de dos días con
su marido; en este momento está en Argentina, donde
Samuel tiene una carrera. No veo la hora de que vuelvan.

—Deja en paz a tu madre, Michele… —Es la voz
de Leonardo, poco más que un susurro. Luego, la mano
pequeña y fuerte de nuestro hijo me hace cosquillas en
la cadera. Michele, dos años cumplidos el 19 de marzo.
Según nuestros cálculos, lo concebimos la noche de la
cena en la terraza, la noche en que Leonardo me puso el
anillo que aún llevo en el dedo. No nos hemos casado,
al menos no de manera oficial. Puede que un día lo ha-
gamos, pero, por el momento, no es fundamental: para
mí esas alianzas valen más que cualquier promesa.

Además está él, nuestro hijo, el testimonio vivo de
nuestro amor. Abro los ojos y lo miro con los ojos de quien
tiene delante una criatura única y preciosa. Me levanto de
la tumbona y lo cojo en brazos. Michele lucha un poco

con mis manos, se enfurruña conmigo, pero luego me sonríe. Es un pequeño Leonardo: pelo oscuro, ojos negros y profundos y tez olivácea, pero tiene un lunar minúsculo en forma de corazón en el pecho y eso es totalmente mío.

Pienso en la mujer en que me he convertido, en la vida que estoy viviendo y en lo intensamente que la he deseado.

—¿No crees que se le está quemando la espalda? —me pregunta Leonardo. Nunca lo he visto tan atento con nadie como con nuestro hijo. El hecho de convertirse en padre lo ha transformado; pese a que no ha perdido un ápice de su encanto y su vitalidad, ha adquirido la ternura que siempre había esquivado.

—No, Leo… —lo tranquilizo—. ¿Verdad, Michele? —Miro a nuestro hijo y le beso la naricita—. Dile a papá que no te da miedo el sol, porque tú el sol lo llevas dentro.

Gracias

A Celestina, mi madre.

A Carlo, mi padre.

A Manuel, mi hermano.

A Caterina, Michele y Stefano, faros de día y de noche.

A Silvia, guía preciosa.

A toda la editorial Rizzoli, del primer al último piso.

A Al, amigo insustituible.

A Laura y Elena, magníficas presencias.

A todos mis amigos, incondicionalmente.

A Filippo P. y a la indiferencia útil.

A Estrómboli y a Sicilia.

A las diecinueve horas y veinticuatro minutos del día veintiséis de mayo de dos mil trece.

Al destino.

ELLA NUNCA HA QUERIDO DE VERDAD.
ÉL SOLO HA CONOCIDO EL LADO OSCURO DEL AMOR.
EL SUYO SERÁ UN VIAJE TURBADOR A LA BÚSQUEDA DEL PLACER.

El primer volumen de la trilogía

YO TE MIRO

Irene Cao

Volumen I

Elena es restauradora en Venecia, donde está sacando a la luz un fresco en un palacio histórico de la Laguna. El arte es todo su mundo. Al menos hasta que llega Leonardo, un famoso chef de origen siciliano que ha viajado a la ciudad para inaugurar un restaurante. Leonardo ha adivinado la verdadera esencia de Elena: un ángel que esconde en su interior un demonio sensual. Solo él puede liberarlo, pero con una condición: Elena no deberá enamorarse de él…

Eʟʟᴀ ɴᴜɴᴄᴀ ʜᴀ ǫᴜᴇʀɪᴅᴏ ᴅᴇ ᴠᴇʀᴅᴀᴅ.

Éʟ ꜱᴏʟᴏ ʜᴀ ᴄᴏɴᴏᴄɪᴅᴏ ᴇʟ ʟᴀᴅᴏ ᴏꜱᴄᴜʀᴏ ᴅᴇʟ ᴀᴍᴏʀ.

Eʟ ꜱᴜʏᴏ ꜱᴇʀÁ ᴜɴ ᴠɪᴀᴊᴇ ᴛᴜʀʙᴀᴅᴏʀ ᴀ ʟᴀ ʙÚꜱǫᴜᴇᴅᴀ ᴅᴇʟ ᴘʟᴀᴄᴇʀ.

La historia de Elena y Leonardo continúa con

YO TE SIENTO
Irene Cao
Volumen II

Tras acabar su relación con Leonardo, Elena se muda a Roma para estar con Filippo e iniciar un nuevo capítulo de su vida. Trabaja en una importante obra de restauración en la iglesia de San Luigi dei Francesi y parece haber recuperado la serenidad. Pero el destino hace que se encuentre de nuevo con el hombre que ha sacudido para siempre su mundo. Leonardo aún la quiere como antes, más aún. El suyo, sin embargo, es un amor imposible sobre el que se cierne un secreto inconfesable que los obligará a separarse de nuevo…

Irene Cao nació en Pordenone en 1979 y vive en un pequeño pueblo de la región italiana de Friuli. Es licenciada en Clásicas y posee un doctorado en Arqueología. Ha sido columnista en publicaciones femeninas semanales y ha trabajado en el sector de la publicidad. Entre otras cosas, ha trabajado de actriz, ha doblado películas y ha actuado como bailarina.

Yo te quiero es la tercera entrega de una trilogía que también componen los títulos *Yo te miro* y *Yo te siento,* un viaje en busca del placer por Venecia, Roma y Sicilia, respectivamente.

Publicada en junio en Italia, *Yo te miro* se convirtió de inmediato en un éxito absoluto de ventas y de crítica, alcanzando en su primera semana los primeros puestos de la lista de más vendidos y recibiendo elogios de los medios más respetados del país. Este tercer libro se ha reeditado 9 veces. La trilogía será publicada en todo el mundo.

Suma de Letras es un sello editorial del Grupo Santillana

www.sumadeletras.com

Argentina
Avda. Leandro N. Alem, 720
C 1001 AAP Buenos Aires
Tel. (54 114) 119 50 00
Fax (54 114) 912 74 40

Bolivia
Calacoto, calle 13, 8078
La Paz
Tel. (591 2) 279 22 78
Fax (591 2) 277 10 56

Chile
Dr. Aníbal Ariztía, 1444
Providencia
Santiago de Chile
Tel. (56 2) 384 30 00
Fax (56 2) 384 30 60

Colombia
Carrera 11 A, n.º 98-50. Oficina 501
Bogotá. Colombia
Tel. (57 1) 705 77 77
Fax (57 1) 236 93 82

Costa Rica
La Uruca
Del Edificio de Aviación Civil 200 m al Oeste
San José de Costa Rica
Tel. (506) 22 20 42 42 y 25 20 05 05
Fax (506) 22 20 13 20

Ecuador
Avda. Eloy Alfaro, 33-3470 y Avda. 6 de
Diciembre
Quito
Tel. (593 2) 244 66 56 y 244 21 54
Fax (593 2) 244 87 91

El Salvador
Siemens, 51
Zona Industrial Santa Elena
Antiguo Cuscatlan – La Libertad
Tel. (503) 2 505 89 y 2 289 89 20
Fax (503) 2 278 60 66

España
Avenida de los Artesanos, 6
28760 Tres Cantos (Madrid)
Tel. (34 91) 744 90 60
Fax (34 91) 744 92 24

Estados Unidos
2023 N.W 84th Avenue
Doral, FL 33122
Tel. (1 305) 591 95 22 y 591 22 32
Fax (1 305) 591 74 73

Guatemala
26 Avda. 2-20
Zona 14
Guatemala C.A.
Tel. (502) 24 29 43 00
Fax (502) 24 29 43 03

Honduras
Colonia Tepeyac Contigua a Banco Cuscatlan
Boulevard Juan Pablo, frente al Templo
Adventista 7° Día, Casa 1626
Tegucigalpa
Tel. (504) 239 98 84

México
Avda. Río Mixcoac, 274
Colonia Acacias
03240 Benito Juárez
México D.F.
Tel. (52 5) 554 20 75 30
Fax (52 5) 556 01 10 67

Panamá
Vía Transísmica, Urb. Industrial Orillac,
Calle Segunda, local 9
Ciudad de Panamá
Tel. (507) 261 29 95

Paraguay
Avda. Venezuela, 276,
entre Mariscal López y España
Asunción
Tel./fax (595 21) 213 294 y 214 983

Perú
Avda. Primavera, 2160
Surco
Lima 33
Tel. (51 1) 313 40 00
Fax. (51 1) 313 40 01

Puerto Rico
Avda. Roosevelt, 1506
Guaynabo 00968
Puerto Rico
Tel. (1 787) 781 98 00
Fax (1 787) 782 61 49

República Dominicana
Juan Sánchez Ramírez, 9
Gazcue
Santo Domingo R.D.
Tel. (1809) 682 13 82 y 221 08 70
Fax (1809) 689 10 22

Uruguay
Juan Manuel Blanes, 1132
11200 Montevideo
Tel. (598 2) 402 73 42 y 402 72 71
Fax (598 2) 401 51 86

Venezuela
Avda. Rómulo Gallegos
Edificio Zulia, 1° – Sector Monte Cristo
Boleita Norte
Caracas
Tel. (58 212) 235 30 33
Fax (58 212) 239 10 51